NÃO É O
FIM DO MUNDO

NÃO É O
FIM DO MUNDO

Júlio Emílio Braz

Janaina Vieira

Ilustrações:
Marcos Guilherme

FTD

1ª edição
São Paulo – 2009

Copyright © Júlio Emílio Braz e Janaina Vieira, 2009
Todos os direitos reservados à
EDITORA FTD S.A.
Matriz: Rua Rui Barbosa, 156 – Bela Vista – São Paulo – SP
CEP 01326-010 Tel. (0-XX-11) 3598-6300
Caixa Postal 65149 – CEP da Caixa Postal 01390-970
Internet: www.ftd.com.br
E-mail: projetos@ftd.com.br

Diretora editorial Silmara Sapiense Vespasiano
Editora Ceciliany Alves
Editor assistente Luiz Gonzaga de Almeida
Assistente de produção Lilia Pires
Assistente editorial Tássia Regiane Silvestre de Oliveira
Preparadora Elvira Rocha
Revisora Débora Andrade
Coordenador de produção editorial Caio Leandro Rios
Editor de arte, projeto gráfico e capa Carlos Augusto Asanuma
Editoração eletrônica
Diagramação Heloisa D'Áuria
Gerente de pré-impressão Reginaldo Soares Damasceno

Júlio Emilio Braz iniciou a carreira de escritor fazendo roteiros para quadrinhos, publicados no Brasil e no exterior. Já publicou mais de cem títulos. Em 1988, recebeu o Prêmio Jabuti por seu primeiro livro infantojuvenil, *Saguairu*.

Janaina Vieira é carioca e, desde muito jovem, escreve poesias, contos e crônicas. Seu primeiro livro é uma parceria com o amigo e escritor Júlio Emílio Braz. Recebeu prêmios da UBE por obras publicadas e também por originais inéditos.

**Dados Internacionais de Catalogação na Publicação
(CIP)
(Câmara Brasileira do Livro, SP, Brasil)**

Braz, Júlio Emílio
 Não é o fim do mundo / Júlio Emílio Braz e Janaina Vieira ; Ilustrações Marcos Guilherme. – 1. ed. – São Paulo : FTD, 2009.

 ISBN 978-85-322-7187-7

 1. Literatura infantojuvenil I. Vieira, Janaina. II Guilherme, Marcos. III. Título.

09-07877   CDD-028.5

Índice para catálogo sistemático:
1. Literatura infantil 028.5
2. Literatura infantojuvenil 028.5

Aprendemos a voar como pássaros e a nadar como peixes, mas não aprendemos a conviver como irmãos.

Martin Luther King Jr.

I	8
II	10
III	13
IV	17
V	22
VI	28
VII	33
VIII	35
IX	40
X	44
XI	47
XII	49
XIII	53
XIV	55
XV	59
XVI	61
XVII	63
XVIII	65
XIX	68
XX	71
XXI	74
XXII	75
XXIII	77
XXIV	79
XXV	80
XXVI	91

I

A risada irônica foi crescendo, aumentando de verdade, tornando-se até maldosa com muita rapidez, e logo se transformou em gargalhada. Por quase nada, fez-se a maior confusão. Tudo porque Betina achou engraçado o fato de Miriam, os braços cheios de livros e cadernos, tropeçar e cair.

Ela ria e ria e ria e, à medida que ria, outros se juntavam a ela, uns poucos se preocupando em ajudar Miriam a se levantar; a maioria, no entanto, gargalhando, muitos sem mesmo saber por quê. A palidez da dor momentânea logo se desfez no rosto vermelho de vergonha, aos poucos convertido numa grande máscara de raiva.

– O que houve, Miriam? Jesus não estava olhando? – zombou outra garota. – Falta de consideração dele, não? Podia pelo menos te amparar.

"Ei, Jesus, cadê você?", a gritaria espalhou-se pelo pátio imenso do colégio, reverberando ao longo de escadas e corredores da imponente estrutura do Giordano Bruno. "Ei, Jesus, cadê você? Eu vim aqui só pra lhe ver!"

Brincadeira cruel, algo que se repetia havia algumas semanas, desde que Miriam entrara naquela turma e descobriu-se que era evangélica.

A implicância era geral, mas Betina era sua perseguidora mais implacável. Em torno dela se reunia um grupo que, embora não fosse tão obstinado, a seguia, obedecia e imitava, fizesse ela o que fizesse, sem maiores questionamentos.

Miriam tentara ignorar a implicância. Escolhera um canto da sala de aula onde imaginava que a deixariam em paz e esforçava-se dia após dia para não se irritar, aborrecer-se ou mesmo, como agora, odiar Betina e suas amigas. Naquele momento, no entanto, por mais que tentasse se controlar, sentia vontade de atirar-se sobre todas, a começar por Betina. Pensou em arranhar, bater e até mesmo xingar, tudo para afastar aquela dor crescente que parecia partir do joelho esquerdo esfolado e sangrando e espalhar-se com o formigamento que sacudia o corpo dolorido.

– Não ligue para elas – aconselhou num sussurro Clara, uma das alunas que, apesar de não partilhar as ideias de Betina e suas amigas, as temia. – Machucou? Tá doendo?

Miriam limitou-se a balançar a cabeça, apoiando-se nela e esforçando-se para ficar de pé. Doía, mas não era nem a dor nem o sangramento que a incomodavam. O que a fazia sofrer realmente era aquela perseguição cotidiana e inexplicável por parte de Betina, e a incapacidade de resistir àquele desejo odioso de sentir raiva dela e de suas amigas. Por mais que lutasse contra tais sentimentos, percebia-os na maneira como olhou para cada uma delas enquanto Clara e um inspetor a amparavam e ajudavam a sentar-se.

Não queria. Não podia. Não devia. Tudo o que aprendera, desde que tivera consciência do que era, deveria levá-la noutra direção e não ao encontro daquele ódio profundo, àquele sentimento de injustiça que oprimia seu coração e a fazia tremer incontrolavelmente.

Por que Betina e as outras faziam aquilo com ela?

Que mal fizera a qualquer uma delas?

Entenderia se fossem de outra religião e não gostassem da dela, se discordassem de suas opiniões. No entanto, era apenas implicância, pura, infernal e simples implicância. Algo inexplicável. Pura maldade.

II

Teresa acompanhara a cena de longe. Viu que Miriam estava bem, apesar do joelho arranhado. Preferiu não intervir. De nada adiantaria. A intervenção poderia gerar novas provocações de Betina e suas amigas, pois uma ou outra já insinuava que, por ser boa aluna, Miriam vinha recebendo regalias que eram negadas aos outros alunos e alunas.

Inacreditável. Em todos os seus anos como professora naquele colégio, Teresa nunca se vira diante de uma turma tão problemática quanto aquela, e não era apenas ela que tinha essa impressão. Os outros professores também não sabiam mais o que fazer para resolver os sérios problemas que apareciam em sala de aula quase todos os dias.

Por um acaso perverso, ou, como gostava de definir a orientadora do colégio, pela simples falta de sorte, conjunção de estrelas e astros, fosse lá o que fosse, aquela turma conseguira fazer convergir para si as criaturas mais diferentes, intolerantes, preconceituosas, desinteressadas e, consequentemente, antagônicas. A "turma infernal", como a classificara um dos professores antes de se demitir. Com o passar do tempo, aquela impressão desfavorável apenas se acentuara, e os pequenos grupos que se formaram passaram a se hostilizar e, num ou noutro caso, a se odiar sem preocupação em esconder ou disfarçar tais sentimentos.

O maior grupo reunia-se em torno de Betina e nele se encontravam góticos de olhar sombrio e distanciamento invencível, *punks* barulhentos e belicosos, *emos* depressivos, amantes do *techno* pra lá de agitados, e toda sorte de roupas estranhas, brincos e *piercings*, correntes, tatuagens, roupas bizarras. Cristina dizia-se católica, e em torno dela gravitavam alguns meninos e meninas bem vestidos e interessados em boa aparência e boas notas. Suzana foi identificada como espírita, mas, como quase não falava com os outros, ninguém soube definir que tipo de espiritismo era, ou mesmo se era espiritismo. Os poucos evangélicos da sala – dois batistas, um presbiteriano e mais três ou quatro neopentecostais – acabaram convergindo naturalmente para Miriam, mal ela chegou à sala.

Teresa vigiava os diferentes grupos de perto, particularmente as meninas. Observava e procurava não intervir, torcendo para que nenhum daqueles frequentes conflitos entre os vários grupos se transformasse numa pequena porém potencialmente imprevisível guerra religiosa. Naquele dia não seria diferente. Felizmente, a mãe de Miriam a esperava na saída, e foram embora sem problemas, Betina e as amigas permaneceram ainda mais alguns minutos no pátio da escola.

Uma situação insustentável.

Teresa voltou para casa tentando lembrar como tudo começara.

Teria sido em uma de suas aulas?

Não, quando dera pela coisa, a semente da intolerância e da animosidade era fato consumado, germinava rapidamente entre os diferentes grupos.

De qualquer forma, pouco importava como tudo começara – era preciso resolver a questão o mais depressa possível.

Mas como?

Certa tristeza espalhou-se pelo rosto de Teresa. Chegar à constatação de que algo precisava ser feito fora mais fácil do que descobrir exatamente o que fazer. Numa ou noutra ocasião, se questionava se realmente era um conflito religioso que se instalava diante de seus olhos.

Betina, Miriam e todos os outros eram adolescentes, nenhum deles longe dos 13, 14 anos, a idade da contestação e da chateação, do inferno astral de qualquer pai hoje ou no tempo dos faraós. Em nada se pareciam com o que se via na televisão em diferentes partes do mundo, onde gente se matava por qualquer vírgula em defesa de sua fé. No entanto, fosse o que fosse e como fosse, Teresa sabia que, se não encontrasse uma maneira de solucionar tais diferenças, elas apenas se multiplicariam, podendo levá-los em direção a semelhanças indesejáveis com aqueles conflitos. Melhor não arriscar.

No sábado seguinte, haveria uma reunião de professores e o tema principal, ninguém desconhecia, seria o problema da turma 112. Ela teria alguns dias para pensar numa solução.

E imaginar que ela acreditava ter trabalho demais apenas como professora de Português...

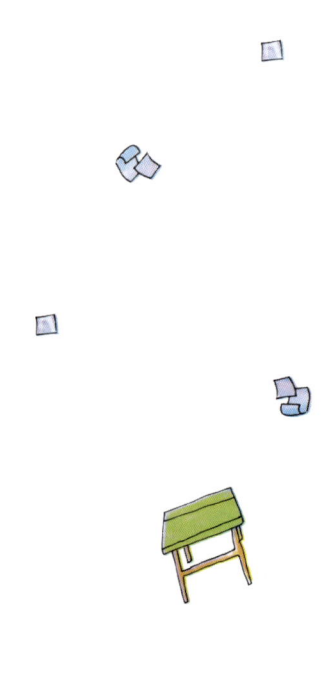

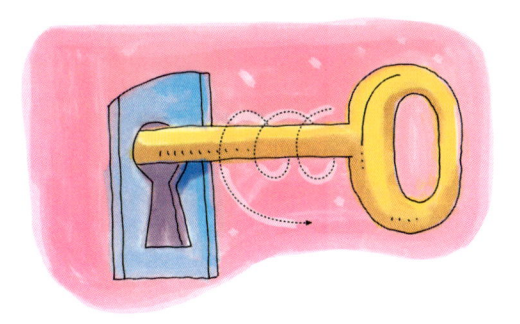

III

Miriam trancou-se em seu quarto naquela tarde. Não sentia vontade de conversar com ninguém; principalmente, queria fugir das perguntas. Notou que a mãe ficara observando durante certo tempo o curativo no joelho, e, se lhe desse oportunidade, ela a bombardearia com perguntas. Não queria mentir. Não para a mãe. Além do mais, as palavras da mãe pareciam-lhe inteiramente inúteis naquele instante. Seguramente, se soubesse o que estava acontecendo, e, antes de tudo, se ouvisse sobre Betina e suas amigas, ela lhe recomendaria um comportamento apaziguador, generosidade com aqueles que a perseguiam, um discurso familiar dos mais confortáveis que naquele instante, entretanto, de muito pouco ou de nada lhe serviria. Estava com raiva, ódio demais no coração, para apenas ouvir e seguir conselhos com os quais não concordaria.

Melhor trancar-se no quarto do que brigar ou discutir com a mãe. Sentia-se culpada por deixá-la fora de seus problemas e da vida que ela compartilhava há muito tempo com seus conselhos e carinho. Não queria aqueles sentimentos ruins dentro da cabeça. Pecado. Dos piores.

Infelizmente, por mais que tentasse, e se esforçara muito, não conseguia se libertar de nenhum de seus problemas. Queria que Betina pagasse por todas as humilhações que lhe vinha impondo. Chegou a desejar – "Deus me livre!" – que fosse fulminada por chamas divinas. Aquela criatura ignorante, largada no mundo, que se convertera em seu único pesadelo, sua perseguidora mais obstinada – nunca vira seus pais ou qualquer parente na escola, apenas empregados; natural, pois quem poderia gostar de criatura tão desprezível? –, não merecia melhor sorte. Em várias ocasiões, chegara a crer que Betina era uma provação enviada por Deus, a própria encarnação do Mal.

Desde o início, um mau pressentimento tomara conta dela ao pôr os pés no Giordano Bruno. Não sabia definir com exatidão o que, mas algo lhe dizia que teria muitos problemas naquele colégio. Por ela, escolheria uma escola mais próxima de sua religião, e havia pelo menos duas no bairro, mas o pai, sabe-se lá por quê, resolvera matriculá-la numa escola leiga...

"Vai ser uma forma de você ver as diferenças que existem no mundo, minha filha. Nem todos são como nós. Você vai ter que aprender a conviver com aqueles que pensam diferente de nós..."

Outra brilhante ideia de seu pai!

A mãe fora contra e insistira muito para que Miriam fosse para uma escola evangélica, onde os valores religiosos seriam aqueles que eles transmitiam em casa para todos os filhos. Falou, falou e falou muito durante muito tempo, mas não o bastante para convencer o marido.

"Vai ser uma experiência excelente para Miriam, você vai ver!"

Miriam sorriu tristemente ao lembrar-se das palavras da mãe...

"Gostaria de ter a sua convicção, Haroldo..."

E Miriam pensou:

"Eu também!"

Apesar de não estar inteiramente convencida, Mariana, a esposa, aceitou, pois afinal de contas o Giordano Bruno era o melhor colégio do bairro e um dos melhores da cidade. Por outro lado, não desejava alimentar conflitos. Nunca discutira com o marido diante dos filhos ou longe deles e não começaria agora. Rezou para que tudo desse certo e, como disse, entregou nas mãos de Deus.

Assim, Miriam fora matriculada na bela escola do bairro, bem frequentada e com fama de excelente estabelecimento de ensino. O pai, no auge do entusiasmo, acrescentara:

"Você vai ver. Nossa filha será uma ótima influência para todas as colegas e vai apresentar-lhes a palavra de Deus..."

O primeiro desentendimento com Betina aconteceu no terceiro dia de aula, e Miriam percebeu que sua missão religiosa sofreria percalços cada vez mais dramáticos.

Como foi mesmo que aconteceu seu primeiro encontro com Betina?

Ah, é...

Estava conversando com algumas amigas – todas evangélicas como ela – e chegara a convidá-las para frequentar sua igreja, quando Betina passou por trás delas.

– Olha aí, gente. Tem crente no pedaço – disse, zombeteira. – Ninguém merece...

Miriam fez-se de desentendida e continuou a conversar, mas percebeu que as novas amigas ficaram embaraçadas e até um pouco intimidadas pela presença de Betina.

– Esta escola deveria ter mais critérios para aceitar novos alunos... – continuou Betina.

Ela e as amigas continuaram bem próximas e, por fim, foram rodeando Miriam e as outras meninas, ouvindo a conversa, até que Clara sugeriu:

– Vamos descer? A gente pode continuar a conversa lá embaixo...

Ana Beatriz, mais do que depressa, concordou:

– Vamos, vamos sim...

Afastaram-se, mas ainda puderam ouvir os cochichos e risadas irônicas atrás delas.

Daquele dia em diante, sempre que surgia uma oportunidade, Betina provocava as três, implicando com o jeito de elas andarem, com a conversa e a maneira como se comportavam em sala de aula. Miriam preferiu simplesmente ignorar o mais que pôde. Ficava calada, interessada nos livros e cadernos, prestando ainda mais atenção nas aulas. Preferiu ignorar, desprezar, deixar Betina de lado, a discutir com ela.

Na verdade, cedo percebeu que Betina gostava de ser o centro das atenções. Valia-se de adereços exagerados. Falava alto e ria ainda mais alto. Carregava dois ou três *piercings* espalhados pelo corpo, usava brincos dos mais diferentes tipos e tamanhos e por vezes, ao mesmo tempo, os cabelos curtos e eriçados, mudando de cor quase toda semana, uma mais espalhafatosa do que a outra. Acreditava ser muito inteligente, mas demonstrava um desinteresse, que Miriam identificava como falso, diante de tudo que se relacionava aos estudos. As notas não eram nem boas nem ruins, o suficiente para passar e nada além disso. As amigas a imitavam de tal maneira que por vezes pareciam irmãs e gêmeas, pois se comportavam do mesmo jeito, falavam do mesmo jeito, vestiam-se do mesmo jeito, e demonstravam idêntico desinteresse pelos estudos.

Lembrava-se de cada detalhe, cada palavra, cada provocação de Betina. No início, chegara a contar para os pais. Mariana mostrou-se preocupada e insistiu que a filha não deveria passar por tal situação. O pai, no entanto, considerou natural o estranhamento de Betina e garantiu que em muito pouco tempo aqueles conflitos cessariam por completo, e talvez as duas até se tornassem amigas. Assegurara que tudo não passava de implicância das mais comuns naquela fase da vida, ele mesmo passara por poucas e boas em seu tempo, e que não haveria maiores consequências na vida de Miriam.

Estava enganado.

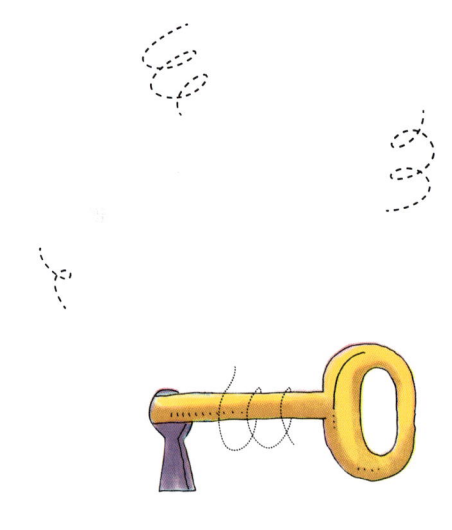

IV

Dia de sol. Céu sem nuvens. Uma brisa morna sopra do mar de um verde-escuro, reflexos esmaecidos de um fim de tarde pairam no ar, desprendendo-se da crista de umas poucas ondas que quebram na areia fina. Em poucos minutos será noite. O sol naufraga na linha rubra do horizonte. Corpos distantes se transformam bem depressa em sombras que se arrastam de volta ao asfalto, onde carros e buzinas inquietas lembram que o paraíso termina ali onde a cidade se ergue com um paredão de concreto armado e anonimato.

Crianças chafurdavam na areia molhada. Um ciclista passou puxando um enorme pastor alemão pela coleira. Em tudo se assemelhava a um anúncio de bronzeador no final da tarde. Ou de refrigerante, cerveja, sabonete, qualquer coisa que gravasse aquele pôr do sol deslumbrante nas retinas daqueles que apenas poderiam vê-lo na tela de suas televisões, prisioneiros do preguiçoso conforto de suas poltronas.

Betina sorveu uma porção das mais generosas daquele vento que soprava fraco mas persistentemente contra seu rosto, e todo o peso dos problemas e dificuldades do mundo saiu de seus ombros, desfez-se no ar.

Que alívio!...

O tépido toque do mar entre seus dedos a fez estremecer agradavelmente. Pouco lhe importava se a barra da calça já estivesse ensopada. A visão do mar era a única coisa capaz de acalmá-la nos últimos tempos. Gostava de fechar os olhos e sentir o vento roçar-lhe o rosto, o cheiro de maresia penetrando-lhe as narinas.

O mar, na verdade, era seu grande amigo, daqueles que não pedem nada ou exigem qualquer coisa, a não ser, é claro, o prazer de nossa companhia, o encanto de uma boa e velha amizade. Amigo incondicional que ouvia e apenas ouvia. Que não se preocupava em dar conselhos ou fazer-se de sábio ou experiente ou as duas coisas juntas.

Foi e voltou pela areia por quase meia hora. Não que o tempo importasse. Nem sequer olhou para o relógio. O prazer daquele precioso instante de paz absoluta não merecia ser interrompido, o encanto não podia ser quebrado por um tolo olhar para contemplar a marcha desagradável, porém invencível, do tempo sobre a sua frágil e até então desinteressante existência.

Pra que tempo?

Por que tempo?

Por fim, sentou-se na areia, não muito distante do mar, o sol desaparecendo mansamente numa vermelhidão intensa, levando consigo a claridade do dia. As primeiras luzes cintilavam nos postes ao longo da avenida, construindo quadrados tremeluzentes na muralha de concreto dos prédios, nas janelas onde uns poucos se debruçavam. Tinha consciência de que não podia, nem devia, demorar-se mais. Caso não aparecesse antes de anoitecer em casa, seria testemunha de mais um escândalo verborrágico no melhor estilo da mãe. Perderia o jantar. A cidade andava cada vez mais violenta e perigosa. Os vizinhos começariam a fazer comentários – aliás, a grande e provavelmente a única fonte de suas preocupações. Sempre havia uma justificativa para um falatório interminável e repetitivo que mais cansava do que irritava ou assustava. Tudo era preferível a ouvir um dos intermináveis discursos da mãe depois de sua maternidade recém-descoberta. Por outro lado, para voltar, precisaria pegar o metrô, o que significava andar até a Siqueira Campos. Uma boa caminhada, pois se encontrava no final do Posto 6, nos limites de Copacabana.

Suspirou, resignada. Detestava a hora de voltar para casa. Estar em casa significava ter que suportar as três ou quatro coisas que transformavam sua vida numa pequena, mas tormentosa, filial do inferno: as eternas cobranças da mãe, a bagunça do quarto que, querendo ou não e, claro, nunca quis, dividia com o irmão de 8 anos, a consequente falta de privacidade para escrever, ouvir música ou ser ela mesma... ah, e a presença do padrasto.

Tudo em sua vida era realmente um eterno suplício.

Ah, e como pudera esquecer?

Havia a escola e todo o seu repertório indigesto de meninas e meninos certinhos, digladiando-se permanentemente por notas sempre maiores e melhores, estressados pela necessidade, mais dos pais do que deles mesmos, de ser os melhores, de conseguir as maiores notas, incapazes de erros, desfraldadores das bandeiras dos bons modos e do bem vestir, exibidores de incontáveis medalhas de honra ao mérito, únicos capazes de trafegar com orgulho pela sólida e segura estrada dos tijolinhos dourados do sucesso.

Odiava aquela gente. Seus pais com celulares que rapidamente se convertiam em coleiras eletrônicas pelas quais controlavam até a maneira correta de respirar em público, com suas apresentações de consumo e vaidade nas festas da escola. Odiava os olhares da intolerância mais indulgente e, por isso mesmo, mais irritante de professores, diretores, coordenadores. Portanto, nada mais natural do que afrontá-los, irritá-los, colocar-se sempre no outro lado da calçada através da qual transitavam de nariz em pé e tripulando seus sólidos bólidos de segurança social. Aliás, nada animava mais o coração inquieto e insatisfeito de Betina do que transgredir as regras, fossem de quem fossem e fossem quais fossem. Sempre fora assim, desde criança.

Por quê?

Vai se saber, né?

A palavra "proibido" exercia um fascínio irresistível sobre sua personalidade e estaria por trás daquela convicção bem arraigada de que as regras, as proibições, existiam unicamente para ser desafiadas, todas. As normas religiosas nem foram as suas principais vítimas, pois, como sua família nunca fora "acusada" de ser das mais religiosas, pouco se falava sobre o assunto ou mesmo sobre Deus. Portanto, as coisas consideradas sagradas para outras pessoas não significavam nada para ela. Nem sequer cogitava de acreditar em sua existência. Natural que tudo o que se referisse à religião, seus códigos de conduta e ritos incluídos, merecesse a mais renitente das contestações – não fora por acaso que a expulsaram de um dos primeiros colégios que frequentou, uma escola católica onde ela escandalizou as freiras ao roubar um hábito e ir vestida como uma delas a uma missa das terças-feiras, que foi obrigada a frequentar. E nutria um profundo e até surpreendente desprezo pelos evangélicos, sempre a recitar versículos e salmos, a falar de Jesus, Deus, pecados, regras de conduta severas e castigos implacáveis...

Estranho, pois nem frequentara uma escola evangélica. Não havia nenhuma entre as tantas em que ingressara e das quais fora convidada a sair, que pelo menos tivesse um proprietário de tal orientação religiosa. Nem ao menos uma professora. Volta e meia, talvez tentando explicar tão intensa antipatia, lembrava-se de uma vizinha, uma senhora desagradável e das mais fervorosas adeptas de uma igreja evangélica do bairro, que costumava tomar conta dela entre os seis ou sete anos, enquanto sua mãe trabalhava.

Recordações realmente bem ruins. Ela a obrigava a ouvir leituras intermináveis da Bíblia – às quais, por sinal, não prestava a menor atenção, mas que passaram a assombrá-la com terríveis pesadelos quando a senhora a ameaçou com meia dúzia de castigos cruéis por desprezar a palavra de Deus e ser tão rebelde. Foi mais ou menos naqueles longos dias de tormentosa convivência que começou a construir a ideia de que religião, fosse qual fosse, existia somente para limitar as pessoas, estreitar-lhes o pensamento e a ambição, confiná-las ao conformismo, inimigo ferrenho de coisas valiosíssimas tais como liberdade e questionamento. E aquela imagem apenas se cristalizara dentro de seu coração, associando ainda àquelas pessoas a imagem da senhora, uma criatura solitária e extremamente mesquinha, avara de dinheiro, que racionava a comida que lhe servia, vivia bisbilhotando a vida alheia, falando mal de meio mundo, e, apesar disso, achando-se uma das "escolhidas de Deus" simplesmente por frequentar uma igreja evangélica.

Talvez tivesse partido daquele relacionamento o longo, mas eficiente, aprendizado de ódio e intolerância de Betina. Talvez, na companhia daquela criatura, tivesse germinado a semente do ódio que alimentava contra aquelas pessoas e por isso perseguia tão obstinadamente o grupo de meninas evangélicas de sua sala.

No início, contentava-se em provocá-las e criar situações em que pudesse se divertir à custa de seu constrangimento e embaraço. Um palavrão mais apimentado aqui, um comentário depreciativo quanto àquele sapato ou àquela saia mais comprida ali, e ria-se muito de uma ou de todas. Com o tempo, passou a se valer de algo mais permanente e até cruel: os apelidos. Por isso, Ana Beatriz passou a ser identificada como "Geleia de Deus", por conta de seus gestos nervosos e da expressão sempre amedrontada no rosto muito pálido e coberto de sardas. Com a chegada de Miriam, Clara transformou-se da noite para o dia na "Sentinela de Deus", por seu olhar cheio de desprezo e pela maneira quase obsessiva como vivia protetoramente ao redor da recém-chegada.

No entanto, o que mais a enchia de prazer era implicar com Miriam, rapidamente apelidada de "Cinderela de Deus", pontuando seus modos educados e gentis com um devotamento tão grande em relação a sua religião e a Jesus, que Betina garantia que tudo não passava de uma paixão impossível e consequentemente mal resolvida pela imagem de Jesus. Sempre que encontrava um pretexto, assegurava que Miriam namoraria apenas rapazes barbudos e de cabelos longos, cópias fiéis de sua verdadeira paixão. Dizia e repetia, sabendo que Miriam se sentiria profundamente atingida e, logicamente, ofendida por tais comentários.

Aos poucos, tornou-se algo simplesmente incontrolável, um prazer indescritível, algo que assustou até mesmo suas amigas mais íntimas, que chegaram a pedir que ela parasse com tais provocações, pois tanto os professores quanto a direção da escola já estavam se sentindo incomodados pela situação.

– Até os pais estão reclamando, e nem todos são evangélicos – alertou Beth, uma negra alta, de grandes olhos claros e cabeça raspada.

Volta e meia, Betina ouvia os conselhos e deixava as evangélicas em paz; mas apenas para escolher um novo alvo para suas provocações. Suzana tornara-se o último deles desde que alguém lhe dissera que ela era espírita.

V

Os pais de Suzana eram kardecistas desde muito jovens e estavam criando os filhos com base nos ensinamentos da doutrina. Por isso, para Suzana e seus dois irmãos, eram bastante comuns temas como vida após a morte, lei de causa e efeito, existência de espíritos, que para outras pessoas se constituíam em assuntos de difícil compreensão e aceitação ou fonte inesgotável para toda sorte de superstições. Sua crença os levara a reconhecer a infinita bondade de Deus por meio das sucessivas encarnações às quais todos estão sujeitos.

Todas as segundas-feiras, logo depois do jantar, a família se reunia e se entregava a longas leituras do *Evangelho segundo o espiritismo*, de Allan Kardec, estudioso francês, codificador da doutrina.

Os pais de Suzana pregavam a bondade, a caridade e o amor ao próximo como as bases para uma vida melhor e mais harmônica com as leis divinas. Esforçavam-se para que os filhos não se perdessem em meio às ilusões e banalidades do mundo. Por isso, exigiam total atenção às leituras, discutiam os trechos de mais difícil compreensão, explicando as questões mais complexas e fazendo todo o possível para que desenvolvessem a fé e a certeza de que a vida é mais do que as aparências nos fazem acreditar.

Evidentemente, os filhos nem sempre se mostravam atentos ou dispostos a ouvir ou partilhar tal visão da vida. A bem da verdade, quanto mais cresciam, mais se distanciavam daquela rotina, ora pretextando um compromisso, ora lamentando um providencial atraso. Mesmo Suzana, a mais velha e até então a que se mostrava mais interessada, andava distante e ausente.

Inicialmente, a mãe pensou que tudo não passava apenas de um momento, algo por demais comum àquele início da adolescência, quando as descobertas naturais e características de uma nova fase na vida de qualquer ser humano o colocam diante de novos desafios e interesses. Suzana chegara aos 14 anos e era aceitável que começasse a mudar um pouco o comportamento. Nada que assustasse ou a arrastasse a maiores preocupações. Carmem, a mãe, que sempre fora muito atenta a tudo o que dizia respeito à família, de certa forma já estava preparada para aquele momento e fazia ideia de como conduzir a situação. Ao ver Suzana cada vez mais calada e arredia, chegou a imaginar que estivesse experimentando a primeira paixão. Não quis interferir, mas por fim achou que deveria dizer alguma coisa, talvez passar um pouco da própria experiência. Surpreendeu-se ao descobrir quanto estava equivocada, ao ouvir da filha sobre a discussão em que se envolvera dias antes na escola ao dizer que era espírita.

– Não é coisa nova não, mãe – disse Suzana. – Há algum tempo vem rolando a maior briga na sala...

– Ué, mas por quê? Você está envolvida?

– No começo, não. Uma menina da sala, a Miriam, é evangélica. Ela e mais algumas. Desde o início do ano, a Betina, que é a maluca da sala...

Carmem espantou-se:

– Maluca? Como assim?

– Ah, ela é meio *punk*, sei lá!

– O que tem a Betina?

– Bem, como eu estava dizendo, desde o início ela implica com a Miriam por causa da religião dela. Sabe como é, não? Toda hora é uma piadinha aqui, uma indireta ali, e a Betina fala o que pensa ou não pensa o que fala, não quer nem saber.

– E por que isso?

— Eu disse que ela é meio doida, não disse? A Betina não bate bem...

— E daí?

— Eu ainda fiz como a maioria, e não quis me meter. Também não gosto da Miriam. Acho ela e as amigas muito metidas, se acham as tais, olham a gente de cima.

— Que é isso, Suzana?

— Ah, mãe, é verdade. Elas são muito chatas!

— Chatas ou não...

— É, chatas ou não, eu não acho justo toda aquela implicância com elas, e ontem a Betina pegou pesado demais, ofendeu de verdade. A Miriam é uma mosca-morta e preferiu fingir que não era com ela, mas eu não aguentei, mãe, e acabei me metendo.

— Vocês brigaram?

— Quem?

— Você e a Betina? Brigaram?

— Não, não, mas eu disse umas poucas e boas para ela, gritei para que parasse de fazer o que estava fazendo e disse que ninguém tinha o direito de se meter com a religião de ninguém. Claro que a Betina ficou louca da vida...

— Mais do que já é?

— Pra senhora ver, né?

— Vocês brigaram?

— Mas é claro que não, mãe... mas a Betina ficou doida. Falou um monte, soltou uns palavrões para intimidar, pois é bem o jeitão dela, e por fim ficou me enchendo, querendo saber se eu fazia parte do grupinho...

— Grupinho? Que grupinho?

— Das evangélicas, mãe! Eu disse que não, mas que achava ridículo ela ficar perseguindo aquela tonta só porque ela era evangélica.

— E depois?

— Bom, aí a Betina ficou enchendo a minha paciência, querendo saber qual era a minha religião e por que eu estava tomando as dores da

Miriam se não era evangélica. Aquilo foi me irritando, irritando e por fim eu acabei dizendo que era espírita. A senhora tinha que ver a cara da Miriam e das outras.

— O que é que tem?

— Ficou todo mundo me olhando como se eu tivesse acabado de chegar de Marte...

— Não entendi...

— Eu me transformei num ET para elas, mãe!

— Por que disse que era espírita?

— O queixo da Miriam quase caiu, e a Betina começou a rir da cara dela e, em seguida, de mim, como se eu tivesse dito a coisa mais engraçada do mundo. Pra piorar, só o que aquela tonta da Miriam disse.

— E o que foi que ela disse?

— A senhora não vai acreditar...

— Vou se você me disser.

— Ela olhou bem nos meus olhos e, com aquela boca cheia de dentes e o cérebro mais oco do mundo, disse: "Olha, a gente não precisa da sua defesa, não, tá? Um cristão não se envolve com quem faz feitiçaria!".

Carmem empalideceu.

— Ela disse isso? Ela te chamou de feiticeira?

— Dá pra acreditar?

— Mas que ignorância!

— Ah, deixa pra lá, mãe. Foi algo tão inacreditável que até a Betina parou de falar – Suzana sorriu, divertida. – Quer coisa melhor?

— Pois eu vou falar com a diretora da escola. Será que ninguém está vendo o que está acontecendo na sua turma? Existe liberdade de religião neste país, você sabia?

— Fica fria, mãe...

— Como eu posso ficar "fria" quando minha filha é vítima de preconceito?

— Não estressa, não, mãe. Não é a senhora mesma que diz que "tudo tem hora"?

– É...

– Pois é. Ainda não é a hora. Por isso, eu fiquei na minha, e, pra falar a verdade, a Miriam e as amigas não iam entender mesmo... pra que gastar saliva?

– Ah, mas isso não vai ficar assim, não!

– Foi legal.

Carmem encarou a filha, espantada.

– Como é que é?

– A Betina finalmente fechou a boca por algum tempo. Quer coisa melhor?

– Ah, mas não pense que vou ficar aqui de braços cruzados, sem fazer nada.

Suzana conhecia a mãe muito bem. Sabia que ela iria até o fim daquela história. Arrependia-se de ter-lhe contado. Teria sido melhor deixar que o problema se resolvesse por si mesmo, mas era demasiado tarde para arrependimentos. Mais cedo ou mais tarde, toda a escola descobriria o quanto sua mãe prezava a própria religião e o direito à liberdade de escolha, o que com certeza lhe custaria momentos bem difíceis entre os colegas.

Pouco importava. Não gostava nem um pouco da turma e muito provavelmente o mal se transformaria em bem: ela poderia mudar de colégio no ano seguinte. Algo que a deixaria imensamente feliz.

Pôs-se a planejar e, nos planos que começaram a aparecer em sua cabeça, envolveria suas melhores amigas. Katinha e Natália acabariam acompanhando-a fosse pra onde fosse ou fizesse o que fizesse para sair daquele colégio.

Não tinha a menor dúvida de que os pais a apoiariam, principalmente depois dos últimos acontecimentos.

Não se sentia nem um pouco à vontade na "turma infernal". Os alunos estavam divididos em grupos que mal falavam uns com os outros. O ambiente piorava dia após dia, os professores eram incapazes de envolver os alunos, as aulas eram consequentemente chatas e monótonas, tudo por conta da rixa entre Betina e Miriam, e, muito provavelmente, também por causa dela.

Sua mãe iria conversar com a diretora do colégio e imaginou o que diriam dela logo que virasse as costas. Logicamente, a escola inteira saberia, os alunos acabavam sempre sabendo tudo o que acontecia na diretoria em grande parte por conta das indiscrições de Isaura, a secretária da diretora, que comentava tudo com Das Graças, a telefonista. Das Graças, por sua vez, embora tivesse quase 30 anos, parecia não ser capaz de cortar o cordão umbilical que a mantinha presa a uma adolescência interminável e tinha entre suas amigas mais íntimas Aline, uma das alunas do oitavo ano, que por conta disso estava sempre muito bem informada de tudo o que acontecia no Giordano Bruno. Inevitavelmente, Suzana não escaparia da fofoca generalizada que a visita da mãe provocaria.

Suspirou, desalentada. Nada tinha a fazer a não ser esperar pelo próximo conflito na "turma infernal".

VI

— Cris, como é que estão as coisas no colégio? – perguntou Ângela.
— Depende, mãe...
— Depende do quê, menina?
— Do sentido em que...
— As notas estão boas, eu sei muito bem disso. O que eu quero saber é sobre toda essa história com as tais meninas evangélicas.
— Ah, isso aí tá tudo na mesma. Bom, pra falar a verdade, não tá, não. Tá bem pior.
— Eu acho que já passou da hora de os professores resolverem a situação, não é mesmo, Alberto?
— Hem?
— Alberto!
— Ah, me desculpe, querida. Eu não estava...
— Parece que você vive no mundo da lua!
— São os problemas da empresa, Ângela. Eles estão acabando comigo...
— Eu sei, eu sei. Mas esse problema com a turma da Cris também está me consumindo, meu querido.
— Pai, você é demais! – Cristina achava muito divertidas aquelas discussões familiares, o pai quase sempre alheio, entrincheirado preventivamente em jornais ou pilhas e mais pilhas de relatórios, e a mãe se descabelando para ter um pingo da atenção dele. Melhor que programa humorístico.

– Nós já falamos sobre isso antes, lembra, Alberto?

– Vagamente... – Alberto mentia muito mal ou simplesmente não se importava que a esposa percebesse que estava mentindo.

– O problema com as meninas evangélicas...

– Ah, sim, isso. Claro. Como andam as coisas, minha filha?

– Bem pior, pai.

– Mas por quê?

– Porque ninguém consegue fazer a Betina parar de provocar a Miriam, e a coisa está feia de verdade. Isso ainda vai acabar mal. Agora, pra aumentar a possibilidade de uma guerra religiosa, a Suzana também entrou na briga.

– Suzana? – repetiu Ângela, o cenho franzido, como se tentasse mobilizar todos os neurônios em sinapses cada vez mais difíceis, dado o estresse em que se encontrava. – Essa eu não conheço. É outra evangélica?

– Não, mãe, ela é espírita.

– Espírita? Kardecista?

– E como é que eu vou saber, mãe? Não falo com ela!

– É que sua avó, a mãe de seu pai, era chegada nessas coisas...

Alberto abandonou o esconderijo e aborreceu-se:

– Ei, quando minha mãe entrou na conversa?

– Ela não entrou, pai – informou Cristina, sorridente, divertindo-se com a expressão aparvalhada no rosto do pai.

– Mas a gente pode providenciar isso – Ângela irritou-se com a interrupção e o afugentou para trás do jornal com um olhar de dardejante beligerância. Virando-se para Cristina, comentou: – Que coisa...

O celular de Alberto tocou. Era um dos gerentes da empresa onde ele trabalhava, informou, acrescentando que estava bastante agitado e preocupado com a reunião que teriam na manhã seguinte. Seu setor não havia conseguido atingir as metas do semestre e ele estava bem nervoso. Precisava conversar, desabafar, ter um ombro amigo para derramar lágrimas. Alberto desculpou-se com a mulher e a filha – o alívio por escapar daquela discussão familiar era visível em seu olhar ou ele achou bobagem esconder, vai saber, né? – e em seguida rumou para o escritório sem terminar o jantar.

– Será que os problemas da empresa são mais importantes do que os nossos, Alberto? – resmungou Ângela, enquanto ele saía. O silêncio que se seguiu foi por demais esclarecedor.

– Deixa ele, mãe. Coitado...

– Coitada de mim, coitada de mim – Ângela espetou os pequenos olhos azuis na filha e o brilho do interesse reapareceu: – Mas continuando...

– Continuando, a história é essa. Eu já estou me cansando dessas brigas. O clima na sala não poderia estar pior.

– E a diretora da escola? E os professores? Não fazem nada?

– A diretora já chamou as duas para conversar. Aí melhorou um pouco, mas a "paz" durou uma semana na "faixa de Gaza" da nossa sala. Depois, recomeçou tudo. É um inferno!

– E os pais?

– Também já foram lá conversar com todo mundo. Os pais da Miriam ameaçaram processar a escola se a situação não for resolvida, mas a mãe da Betina, a Mulher Invisível...

– Como é que é?

Cristina sorriu e explicou:

– É como a gente chama a mãe dela. Ninguém nunca a viu na escola e acho que nem vai ver.

– Ela...

– Nem deu as caras. Parece que não tá nem aí!

– E você, está envolvida nisso, filha?

– Não, mãe. Tô fora, quer saber? Nem quero me meter. O que eu quero mesmo é que esse ano acabe logo e mudar de turno no ano que vem.

– É, talvez seja melhor mesmo. Afinal de contas, nós somos católicos. Não temos nada com isso...

– Pois é... – olharam-se. – Mãe...

– Que foi, Cris?

– Andei pensando... Essas meninas estão brigando por causa de religião. Já escutei a Miriam falar de Jesus...

– E daí?

– Ah, sei lá. Eu apenas fiquei pensando nela e até na Suzana, a que é espírita...

– E o que é que tem?

– Elas acreditam mesmo!

– Hem?

– Não sei se a senhora entende bem, mas elas defendem a religião de um jeito. Quer dizer, eu vivo dizendo que somos católicos porque é o que a senhora e o pai dizem. Digo porque fui batizada. Mas fiquei pensando que, se somos católicos, a gente devia ir à missa... o que você acha?

Ângela ficou olhando a filha em silêncio por uns instantes, pois na verdade não tinha a menor ideia do que poderia lhe dizer.

– Cris – começou, titubeante –, muitas pessoas se batizam na igreja católica. Isso é praticamente um hábito. No entanto...

– Mas...

– Isso não quer dizer que precisamos ir à missa. Não que eu tenha nada contra, longe de mim. Se você quiser ir...

– Não, não é isso.

– O que é, então?

– É que, depois de tudo o que vem acontecendo, eu comecei a achar estranho ficar dizendo que sou católica.

– Ué, por quê?

– Porque a impressão que eu tenho é que a gente não tem religião nenhuma.

– Mas o que é isso, Cris?

– É verdade, mãe. Se eu fosse realmente católica, iria à missa. A última vez que entrei numa igreja foi pra missa de sétimo dia da tia Dolores...

– Mas que bobagem, minha filha.

– Mas é verdade, mãe. A senhora precisa ver a Miriam. Ela defende a igreja dela com unhas e dentes e lê a Bíblia todos os dias...

– Isso me parece mais fanatismo.

– Será?

Ângela dirigiu um olhar preocupado para a filha.

— O que é que você tem, Cris? — perguntou, inquieta. — Não me diga que está pensando em se tornar evangélica...

— Puxa, mãe, a senhora não entendeu nada, não é mesmo?

O sorriso de Ângela revelou-se meloso e artificial:

— Meu amor, toda essa discussão está mexendo com a sua cabecinha. Você está com sentimento de culpa e isso está me deixando bem preocupada. Se continuar assim, eu até prefiro que você mude de escola ainda neste ano.

— A Adriana também é católica e vai à missa todo domingo. Ela e a família dela.

— Ah, lá vem você de novo com essa história de missa!...

— Mãe...

— Ela está implicando com você também? Não me diga que temos uma facção católica em sua sala?

— Não, mãe. O que estou dizendo é que ela pratica a religião dela.

— Cada um pratica a sua religião e mantém um canal com o divino como achar melhor, mas se a incomoda tanto, você pode ir à missa, meu amor. Fale com a Adriana...

— Eu só estava comentando o assunto, mãe...

— Tá bem, meu amorzinho. Agora me deixe ir ver o seu pai. Ele não sai do telefone. Esses gerentes não dão paz nem na hora do jantar!...

VII

Teresa passou dias procurando um texto que melhor se adequasse ao trabalho que pretendia desenvolver em sala de aula com a turma 112. A diretora andara pressionando a todos para que, cada um a seu modo, encontrasse uma solução para o desagradável momento que vivenciavam. Alguns pais andavam aparecendo na escola com indesejável frequência e a situação tornava-se mais e mais desagradável a cada dia que passava.

Uma experiência nova, admitia. Nunca imaginara enfrentar problema como aquele. Estava habituada a toda sorte de conflitos entre as quatro paredes de uma sala, mas um conflito tão generalizado por causa de Deus a surpreendia pelo perigoso ineditismo.

Estivesse numa sala de aula em Belfast, Beirute, Jerusalém ou em qualquer uma das ex-repúblicas iugoslavas e a situação ainda lhe soaria absurda, mas pelo menos compreensível. No entanto, naquele colégio, em pleno coração da Tijuca?

Era estranho pensar em outros lugares do mundo onde pessoas se matavam por causa de diferenças religiosas por vezes sutis, mas importantes o bastante para tirar a vida de um semelhante. No entanto, nos últimos dias, vinha observando mais atentamente o comportamento das meninas – algo ainda mais peculiar, pois, apesar de experimentarem a mesma diversidade religiosa, nada nem sequer semelhante acometera a maioria dos meninos da turma, que até faziam piadinhas das desavenças entre suas colegas –, principalmente daquelas mais diretamente envolvidas no conflito, e notara como é que certas tragédias nascem, por vezes, do nada. Tornou-se desagradavelmente compreensível quão inflamável pode ser o estopim da fé, fosse no Oriente Médio ou naquela sala de aula da qual era uma das professoras.

Gostaria de entender melhor aquele fenômeno, pois vira-se fascinada por ele. Boa católica, como costumava definir seu avô, ia à missa com regularidade e definia Deus como o provedor de tudo de bom que existia no mundo. O fato de haver quem, em Seu nome, por causa Dele ou apesar Dele, se dispusesse a distribuir tapas e a destilar ódio era algo tão incongruente, que Teresa sentia uma profunda necessidade de entender o porquê de aquilo estar acontecendo bem diante de seus olhos. Até certo ponto, o problema de relacionamento e intolerância religiosa da turma 112 transformara-se num grande desafio a ser vencido. Em nome de Deus, mas acima de tudo, da paz, da harmonia e do entendimento, combustível mais do que adequado para qualquer religiosidade mais sadia ou para qualquer sociedade civilizada.

Sentada no chão da sala de seu apartamento, rodeada de livros e papéis, por fim deu-se conta de que não comia havia horas. A mãe a observava do corredor que levava à cozinha, um sanduíche num prato na mão esquerda, o copo com suco de maracujá, seu preferido, na mão direita, mas ela estava de tal maneira absorvida nos próprios pensamentos que não a notou mesmo quando ela, com um sorriso de carinho e compreensão, abandonou ambos em cima do sofá e retirou-se para seu quarto.

Teresa estava realmente angustiada, pois, apesar de todo o seu empenho, a tarefa se mostrava muito mais difícil do que imaginara. Simplesmente não encontrava nada que se encaixasse naquela situação, nada que falasse claramente sobre tolerância e intolerância e fosse envolvente o suficiente para fazer seus alunos pensar e se questionar sobre o próprio comportamento. Encontrara poemas maravilhosos, textos literários deslumbrantes, músicas de uma sensibilidade enternecedora. Todavia, nada que fosse capaz de expressar com clareza o problema em que aquele grupo de adolescentes se encontrava. Desesperada, vagara pela internet e escrevera também para alguns amigos fazendo apelos angustiados, que abandonou, como mensagens de um náufrago numa garrafa, no vasto oceano da *web*.

VIII

A reunião dos professores durou horas. Em alguns momentos, por muito pouco, não descambou para uma desajeitada briga, pois cada um apresentava opinião diferente sobre como solucionar a grave situação em que se encontrava a "turma infernal", defendendo suas teses e propostas com renhida determinação. Não faltavam gritos e punhos exibidos com extrema valentia e pífios resultados práticos. A bem da verdade, toda aquela confusão se apresentava como uma pálida tentativa de mascarar o fato de que todos estavam desorientados, sem saber exatamente o que fazer, até porque aquela era uma situação inteiramente nova na rotina da escola. Evidentemente, estavam habituados a lidar com toda sorte de provocações entre os alunos. Brigas e desentendimentos aconteciam de maneira constante ao longo do ano. No entanto, nunca o Giordano Bruno se vira envolvido em um conflito religioso.

Diante do evidente desespero, Mauro, o corpulento professor de História, postou-se na sua já conhecida intelectualidade e filosofou:

– É, amigos, o Oriente Médio é aqui. Melhor não tapar o sol com a peneira e admitir que temos que lidar com isso. A sorte é que não temos nenhum aluno muçulmano ou judeu... quer dizer, ainda não!

Olhares hostis convergiram para ele, e a sua voz não mais foi ouvida. Em parte, por todos estarem pouco dispostos a brincadeiras, e, em parte, por não saberem mais o que fazer e temerem que a reunião se estendesse indefinidamente, sem proveito algum.

Estavam sentados ao redor daquela mesa havia horas. O dia ameaçava se transformar em noite. Era sábado. Seguramente, poderiam estar em casa, no *shopping*, na praia, em qualquer outro lugar e entregues a momentos bem mais interessantes ou, pelo menos, bem menos estressantes. No entanto, estavam ali, tentando encontrar uma solução para um problema que aparentemente não oferecia nenhuma minimamente viável. Podiam muito bem prescindir das frases espirituosas ou pretensamente engraçadas de Mauro, por mais bem-intencionadas que fossem.

Angélica, a diretora, estava bastante preocupada. Muitos pais a haviam procurado nos últimos dias e mais de um já havia manifestado a intenção de tirar os filhos do Giordano Bruno. Nada poderia ser pior para a reputação da velha instituição, além, claro, de representar uma grande perda de faturamento, que, vale salientar, já não andava lá essas coisas. Por mais que cortassem gastos e investimentos aqui e ali, as despesas não paravam de crescer. Propaganda negativa caminha vinte vezes mais depressa do que propaganda positiva. Lei de *marketing*. Lei da vida.

Nada a assustava mais do que a perspectiva sombria, mas desagradavelmente próxima, de evasão de alunos e perda de credibilidade. Por isso, entregara-se a uma demorada preleção aos professores, deixando bem claro que todos deveriam estar tão preocupados quanto ela, pois seus empregos dependiam da estabilidade financeira da escola e da confiança nela depositada pelos pais. Menos alunos, menos professores.

Muitos, como a professora Mercedes, de Geografia, chegaram a argumentar que o problema não era tão grave e que se restringia basicamente à turma 112.

– Até quando? – contra-argumentou Angélica, brandindo folhas e mais folhas de um extenso relatório ao mesmo tempo em que repetia que era perigoso minimizar o problema sob o risco de a "erva daninha", representada pela "turma infernal", espalhar-se pelas outras turmas. Repetiu o alarme sobre o caos financeiro que se abateria sobre o Giordano Bruno se os pais cumprissem a ameaça de tirar seus filhos da instituição.

Antecipando-se à exibição de outro volumoso relatório com previsões ainda mais catastróficas, Teresa levantou-se e pediu a palavra. Alívio geral.

— Gente, muita calma nessa hora – principiou. – Todos concordamos que essa situação não pode continuar, é insustentável, certo? – cabeças balançaram-se em muda anuência em torno da mesa. – Mas isso tem que ser feito com paciência. Concordamos que a Betina é uma menina problemática, não?

— Você é uma pessoa bem generosa, Teresa – afirmou Mauro, refestelando-se na cadeira. – Ela é um verdadeiro...

— Sabemos que tem problemas em casa – Teresa gesticulou para que se acalmasse, e continuou: – Então...

— Todos nós temos problemas, Teresa – interrompeu Mercedes, contrafeita. – Eu, você, os alunos, os pais dos alunos...

— Claro, claro...

— Ela não é a única! – a voz de Márcia, a magérrima professora de Educação Física, soou impaciente e cansada.

— Ah, desculpe, gente. Acho que me expressei mal...

— Definitivamente – alfinetou Angélica, carrancuda. – Qual é a sua sugestão? Tem uma, não? O diagnóstico todos temos...

— Não será certamente com castigos e suspensões que conseguiremos alguma coisa...

— Ah, não? – resmungou Custódio, o velho professor de Física, puxando os óculos de lentes grossas e escuras para a frente, equilibrando-os na ponta do nariz adunco. – E o que você sugere?

— Estou procurando um texto para trabalhar com eles em sala de aula – informou Teresa.

Olhares de desânimo e ceticismo foram trocados silenciosamente.

— Só isso? – tornou Márcia, agressiva.

Teresa encarou-a e, por um instante, pensou em revidar, cobrar alguma atitude da professora de Educação Física, uma das poucas, provavelmente a única, que ainda não fizera o menor gesto para tentar resolver a confusão criada pela briga religiosa da turma 112. Preferiu ignorá-la, pois sabia que enfrentava problemas com o marido e recentemente perdera a mãe num acidente.

– Um texto que possa levar à discussão, mas acima de tudo à reflexão sobre a intolerância. Acredito que, se o texto for suficientemente apaixonante, os alunos pararão para pensar sobre o assunto e talvez possamos atenuar, ou mesmo resolver, o problema de relacionamento entre eles.

Nova troca de olhares. Confusão. Pequeno otimismo. Alívio geral. Muitos nem acreditavam realmente que aquela fosse a solução, mas pelo menos um conveniente fato novo surgia a partir das palavras de Teresa: ela estava praticamente tomando para si a responsabilidade de solucionar o problema. Covardia e impotência se misturavam na expressão aliviada no rosto cansado de muitos deles. Por outro lado, talvez a ideia de Teresa tivesse algum fundamento. É, talvez funcionasse. De qualquer forma, estavam cansados e queriam ir logo para casa.

Tentaram encerrar a reunião, mas Mauro levantou-se:

– Sua ideia não poderia ser mais oportuna, e acredito que há excelentes possibilidades de dar certo. Mesmo assim, eles irão precisar conhecer também os fatos históricos que levam muitos povos a se dividir em nome da religião. Por isso, acredito ser minha obrigação discutir esse assunto em minhas aulas, concorda comigo?

Nada mais óbvio. Nunca Teresa poderia resolver aquela situação sozinha e nem ela dissera que o faria. Ficou olhando-o por um momento.

Por que ele não pensara em nada antes?

Tivesse pensado, e ela estaria certa de não tê-lo diante de si. Mauro era daquele jeito e todos já o conheciam. Senhor da solução de todos os problemas do mundo, na hora de opinar de forma concreta e de tomar uma atitude mais prática, vagava feito um bêbado através de meia dúzia de frases feitas e citações, nunca sabia o que fazer. No entanto, bastava a mera insinuação de um caminho e ele mais do que depressa se lançava na carona da proposta apresentada, por vezes tendo o descaramento de assumir sua paternidade.

Teresa balançou a cabeça, vencida pela necessidade e falta de alternativa. Pelo menos seria mais um a ajudar.

– Como poderia deixar de concordar, Mauro? Vai ser um reforço e tanto. O caminho é esse mesmo. De nada adianta castigar, ameaçar ou suspender. Eles precisam compreender exatamente a extensão do que fazem...

– Boa sorte – disse Márcia, pouco convencida mas dando a nítida impressão de que explodiria diante de todos, os nervos à flor da pele, se a reunião se estendesse por mais um segundo sequer.

Igualmente cansada, a diretora dispensou a todos.

IX

Betina bateu a porta com raiva.
"Droga!"

Novo aborrecimento com a mãe. Estava segura de que, se existisse o inferno, ele seria tal e qual sua casa.

Sentia-se um grande estorvo ali, a peça que sobrava sempre na montagem do patético relógio de sua existência, o resto de uma vida pra lá de irritante. Sempre fora assim quando vivia apenas com a mãe e o irmão – mal conhecera o pai e, o pouco que lembrava, preferia realmente esquecer, como ele a esquecera e a seu irmão. Mas as coisas conseguiram ficar ainda piores quando sua mãe resolveu se casar de novo e trouxe Hércules, o padrasto, para dividir o apartamento em que viviam e que, por sinal, já era pequeno para os três.

Criatura insuportável. Um boa-vida que vivia às custas dela e passava o dia na frente do computador, fazendo ninguém sabia o quê, mas garantindo que era um trabalho, um trabalho do qual jamais haviam visto o portentoso resultado financeiro que ele vivia alardeando conseguir.

Desde que ele entrara em sua vida, espalhara-se e reinava num pedaço cada vez maior do apartamento, levando-a a ter que dividir o quarto com o irmão mais novo. Este, criança, não se importava nem um pouco, até porque, mal a mãe saía para trabalhar, Hércules o abandonava à alegria e felicidade de uma liberdade total e sem controle no *playground* do prédio. Não existia fome, sede ou problema enquanto ele estivesse com os amiguinhos, e Betina invejava-o por isso. Para ela, no entanto, aquela convivência forçada não poderia ser mais detestável.

Inútil reclamar, pois a mãe dava sempre razão ao padrasto. Também eram para ele os doces e sorvetes que trazia para casa. As belas roupas que comprava em lojas caras da Zona Sul, e, claro, os olhares de paixão. Tudo para ele. Somente para ele. Até mesmo os afagos e carinhos. Sobrava muito pouco para Betina e o irmão naquele universo de paixão incontrolável que o envolvente Hércules, no auge de seus vinte e poucos anos, sabia muito bem capitalizar a seu favor.

"Será que serei tão idiota assim quando tiver mais de trinta?", se perguntava Betina, sabedora das duas ou três namoradas que o padrasto encontrava de vez em quando no próprio apartamento.

É, inferno era aquilo, e Hércules, se não fosse o próprio e ilustre anfitrião, era um de seus melhores funcionários. Ou melhor, era outro de seus pretextos para não acreditar em Deus, pois, se acreditasse, acabaria por se perguntar onde Ele estava quando ouvia...

"Você comeu o último pedaço de torta, menina? Mas eu tinha guardado pro Hércules! Que gulodice! Então foi essa a educação que te dei?"

Ou:

"Não dá pra lavar sua roupa hoje, ouviu, Betina? Eu acabei de colocar as roupas do Hércules na máquina. Melhor lavar no fim de semana. Você não tem aula mesmo!"

Deus existia apenas para Miriam e suas amiguinhas carolas?

Gostaria de saber o que Ele faria se a mãe da Miriam gritasse:

"O Hércules precisa usar o micro, Betina! Saia daí agora!"

Não que acreditasse que a mãe da "Cinderela de Deus" fosse capaz de tamanha grosseria, mas, na hipótese de sê-lo, teria Deus se importado? Iria fulminá-la com um poderoso raio de implacável justiça divina?

Será que olhava mais atentamente para Miriam por conta daquela imagem de perfeição que exalava por todos os poros?

É, pois a Miriam era limpinha e cheirosa, era educada (pedia desculpa até às pedras quando tropeçava) e tinha aquele jeito dengoso de quem tinha uma vida toda arrumadinha, com pai, mãe e irmãos girando em torno dela, sempre prontos e dispostos a atender até o mais descabido dos seus pedidos. Não tinha a menor dúvida de que sua cama, por sinal cor-de-rosa como toda a sua vida, vivia transbordando de lindas bonecas.

Na verdade, o que doía realmente é que, além de tudo, Miriam era bonita. Mesmo Betina, apesar de inteiramente a contragosto, tinha que admiti-lo e, ao mesmo tempo, assumir que não era bonita e muito menos simpática.

Dava vontade de esganá-la!

Miriam bonitinha, educada e cheirosa, distribuindo sorrisos como quem distribui o que tem de sobra. Detestava seu rosto de anjo, as maçãs salientes e avermelhadas do rosto ligeiramente rechonchudo, os cabelos castanhos e lisos, sempre muito bem penteados ou presos em intrincados mas igualmente bonitos penteados, longas tranças chegando até a cintura, os olhos esverdeados para os quais Gustavo, o mais bonito entre os garotos da sala, já fizera vários poemas.

Betina queria morrer quando percebia a maneira como os garotos a seguiam com os olhos sempre que ela passava. Irritava-se ainda mais – se é que fosse possível – com o pouco-caso com que Miriam tratava tanto interesse, fugindo até mesmo dos mais apaixonados.

Ninguém jamais a olharia do mesmo jeito. Era a rebelde, aquela que todos apontavam como um exemplo a não ser seguido.

Quem liga!

Pouco se importava que a tratassem como coisa de outro mundo, como se tivessem medo dela. Melhor o respeito do que o desprezo, dizia para si mesmo. Não queria pertencer àquele ridículo universo de aparências. Voaria noutra direção e para horizontes mais luminosos, se bem que, quando dizia isso, ficava se perguntando o que realmente queria da vida. Nenhuma resposta até aquele momento.

Miriam transformou-se numa crescente obsessão para ela, um enigma, um inimigo a ser vencido e, por fim, uma pedra no sapato. Não compreendia seu comportamento. Aquela docilidade que lhe soava falsa. O apego àquela religião que, como toda religião, ela pensava, vivia a partir de regras e limites que nem em sonhos (ou pesadelos) aceitaria para si. A mesma religião da senhora que a atormentara em boa parte de sua infância. Até a saia comprida da outra a irritava – aquela saia que não mostrava nada e mesmo assim continuava atraindo a atenção dos meninos.

O mundo real não era definitivamente daquele jeito e feito por pessoas como ela...

"De todos os animais, o homem é o único cruel."

Uma frase mais ou menos assim que ouvira num velho documentário assistido sabe-se lá onde e quando. Mark Twain. Norte-americano. Samuel qualquer coisa. Mark Twain era pseudônimo. Palavras, dolorosamente verdadeiras, pois o homem era o único animal capaz de sentir prazer com a crueldade que praticava.

O mundo onde vivia não pertencia a boazinhas como Miriam, mas antes a aproveitadores como Hércules, predadores da inocência e da ingenuidade alheia, gente sem consciência, incapaz de sentimentos grandiosos como remorso e compaixão. Preferia ser como era e ser temida por isso. As pessoas não precisavam amá-la se a temessem.

Miriam era uma fada de um conto de fadas desbotado e tolo. Betina, pelo menos era aquilo no que acreditava, tinha a cara do mundo real, feio e hostil, porém real e não a ilusão de bondade que animava os intermináveis sorrisos de Miriam.

"Pobre Miriam, ainda vai sofrer muito na vida!", vaticinou.

Um lampejo de maldade animou o sorriso que foi se alargando no rosto à medida que incorporava novos detalhes ao arremedo de uma ideia perversa que nascia de repente em sua cabeça. Ficou imaginando a cara que Miriam faria quando se visse como parte mais importante dessa ideia.

X

Mariana andava inconformada, cruzando e descruzando os braços, enquanto ia e vinha ao redor do sofá onde o marido estava sentado, esforçando-se para continuar a leitura do jornal que, como costumava fazer aos domingos, espalhara pelo chão da sala.

– Isso não pode continuar assim, Haroldo! – disse, aflita. – Você tem que tomar uma atitude!

Haroldo sorriu, procurando aparentar despreocupação.

– Você está fazendo tempestade em copo d'água, Mari.

– Ah, é? Tempestade ou não, o fato é que nossa filha continua sofrendo humilhações na escola e, por conta disso, anda deprimida e até emagreceu. Se isso é o que você chama de tempestade, então eu concordo. É uma tempestade e das grandes.

– Você não conversou novamente com a diretora da escola?

– Já, e ela me disse que resolveria o assunto. Na verdade, ela não disse. Ela me garantiu que resolveria o assunto...

– Então?

– Então que a tal Betina continua perseguindo a nossa filha, Haroldo! Não lhe dá um minuto de paz! É justo isso?

– Claro que não, Mari, mas...

– Mas o quê?

– Miriam tem que aprender a lidar com esse tipo de coisa, querida. A gente não deveria...

– Você só pode estar louco, Haroldo! Nossa filha sendo vítima de perseguição religiosa e você aí, teorizando sobre amadurecimento e bobagens do gênero.

– Não é bobagem. O que estou querendo dizer é que Miriam precisava saber resolver esse tipo de coisa sem a nossa interferência. Não podemos passar a ideia de que estaremos sempre prontos e preparados para resolver os problemas que aparecerem na vida dela. Lógico que, se essa situação se agravar, teremos que tomar uma atitude, mas tirá-la da escola no meio do ano não vai resolver nada. Não dá pra perceber isso?

– Eu só quero que a nossa filha possa estudar em paz, Haroldo. Ela tem apenas 13 anos. Não quero que ela sofra, e, se for necessário tirá-la da escola para que isso não ocorra, é o que devemos fazer.

– E colocá-la numa escola...

– ... de gente igual a nós.

– Percebeu o que você disse, mulher?

– Como é que é?

– Querendo ou não, você fez o mesmo que aquela menina está fazendo com a nossa filha.

– Como assim?

– Você disse que ela é diferente.

– Não disse, não.

– Mas você quer uma escola com gente igual a nós, e isso não quer dizer que somos diferentes?

Mariana irritou-se:

– Você entendeu muito bem o que eu quis dizer.

– Uma escola evangélica?

– É.

– E somos todos evangélicos no mundo?

– Não, claro, mas...

– É exatamente por isso que quero que nossa filha continue naquela escola. Ela precisa aprender que existem outras pessoas acreditando noutras coisas e que temos que aprender a conviver com aqueles que pensam diferente de nós.

– Logo se vê que você não "nasceu" evangélico, Haroldo. Eu pensei que seria diferente, que mais cedo ou mais tarde você compreenderia, mas...

Mariana calou-se, pálida e assustada com as próprias palavras, e por fim deixou-o sozinho na sala.

Haroldo ainda a acompanhou com os olhos por uns segundos, magoado, e continuou olhando para o corredor por onde ela desaparecera.

Jamais pensara que um dia ouviria aquelas palavras pronunciadas pela mulher que amava e pela qual abandonara sua religião. Convertera-se por causa dela, por conta da insistência dos pais de Mariana, que colocaram a conversão como condição para aceitarem o noivado de ambos. Estava completamente apaixonado e nem pensara duas vezes, mas a verdade é que nunca se sentira tão aferrado àquelas convicções religiosas que animavam as certezas inabaláveis da esposa. Não sabia se era bom ou ruim, mas era verdade. Todavia, nunca esperara ouvir aquilo de Mariana.

Miriam era a própria imagem da mãe. Crença inabalável, incapaz de questionar o que quer que fosse em sua fé.

Haroldo suspirou, angustiado.

Como fazer a esposa compreender seu ponto de vista?

Obviamente, não gostava de saber que a filha era alvo de humilhações, fossem quais fossem elas, mas ao mesmo tempo acreditava que Miriam precisava daquela compreensão mais abrangente da vida e das pessoas, as boas e as más. Só nos defendemos daquilo que conhecemos.

Sorriu, amargurado, duvidando das próprias ideias.

Fácil falar, difícil aceitar.

XI

De: Jesus Rapaz
Para: Miriam Namoradinha

Minha querida,
Prometi que iria voltar, e aqui estou. Por enquanto, mando só uma foto para você. Mas, em breve, estarei ao seu lado. Só não sei ainda como fazer o casamento, porque a minha profissão já não existe mais... snif... snif... Mas prometo que vou dar um jeito. Ah, já sei: posso ser pastor e formar uma nova igreja! Assim vamos ter uma vida boa, recolhendo o dízimo dos fiéis!
Com todo meu amor,
Jesus (ex-menino, já rapaz)

Miriam não podia acreditar no que lia. Mal tirara o bilhete de dentro do belo e caro envelope amarelo que encontrara sobre sua mesa, e onde havia uma reprodução do rosto de Jesus, mas principalmente depois que começou a ler o bilhete, a cor fugiu de seu rosto. Empalideceu terrivelmente e os olhos enormes pareciam não ser capazes de desgrudar daquelas palavras escritas com capricho numa folha de caderno. Depois vieram as lágrimas, muitas lágrimas, o corpo inteiro sacudido num soluçar que assustou a todos na sala de aula. Foi difícil acalmá-la, e a situação ficou ainda pior quando Betina e as amigas, sentadas nas últimas mesas, começaram a gargalhar barulhentamente.

Pela primeira vez, Miriam olhou Betina nos olhos.

— Sabe o que você é, Betina? — trovejou, depois de atravessar a sala rapidamente e enquanto rasgava o bilhete e o envelope, atirando os pedaços no rosto dela. — Uma infeliz, que nem família tem, e, se tem, ela não liga nem um pouco pra você!

Betina levantou-se, irritada:

— Como é que é?

— Por isso, Deus saberá perdoar, porque você é uma coitada, alguém que não merece nada a não ser pena, muita pena. Todo mundo vê isso!

Betina calou-se por instantes, surpreendida, alcançada pelos olhares, mas principalmente pelos risinhos zombeteiros de muitos à sua volta. Pela primeira vez desde que Miriam entrara naquela sala, era ela, Betina, o alvo de brincadeiras e risinhos.

Enfureceu-se. Estavam rindo dela. Betina tremia incontrolavelmente ao gritar:

— Quem é você pra me dizer uma coisa dessas? Se quer saber, meu bem, eu tenho a vida que quero e posso lhe garantir que é melhor do que a sua e a dessas bobonas que andam com você pra lá e pra cá.

— O que é que te incomoda, Betina?

— Hem?

— É, o que é que realmente te incomoda tanto?

— A sua cara enfiada o tempo todo na Bíblia. É, isso me incomoda!

— Não, não é isso, ou não é só isso...

Betina encolheu-se e mordeu a ponta dos lábios, nervosa.

— Ah, vê se se enxerga!

— O que foi que eu te fiz?

— Você é ridícula, Miriam, só isso.

— Não, tem mais.

— Odeio gente beata e rezadeira. São todos uns hipócritas!

— É, Betina, eu realmente tenho muita pena de você.

Miriam saiu, acompanhada por Ana Beatriz e Clara. Betina ainda ficou rindo por certo tempo, mas percebia-se uma alegria artificial naquele riso, na maneira como seus olhos passeavam pelos rostos em torno dela e das amigas. Constrangimento. Betina sentia-se constrangida. Embaraçada, e de alguma maneira surpreendida pela reação de Miriam.

XII

Suzana ainda se esforçou para se relacionar de alguma maneira com Miriam ou com uma de suas amigas. Sentiu-se ainda mais interessada depois de testemunhar a última brincadeira de mau gosto de Betina e a forte reação de Miriam. Inútil. Por mais que tentasse, Miriam manteve aquele distanciamento que não lhe permitia nada além de rápida troca de palavras e olhares. Ela e as amigas conversavam apenas entre si e faziam o mesmo que condenavam em Betina e as amigas.

Ser humano é estar junto do outro e preocupar-se com ele, e não olhá-lo como estranho. Não há humanidade viável na solidão. Há apenas o homem e tudo o que ele pode fazer de bom e de ruim, pensando e acreditando-se único, superior, ou mesmo pensando que tudo existe para satisfazê-lo, para seu prazer e, portanto, deve ser moldado e olhado a seu modo.

Nenhum autor famoso dissera essas palavras, mas Suzana as colocara numa das redações que a professora Teresa propusera na sala de aula para instigá-los a discutir seu próprio comportamento. Mais um retumbante fracasso. Ninguém queria saber de aceitação e tolerância. Pelo contrário, mesmo Miriam, que vivia reclamando estar sendo perseguida e que ninguém a aceitava, era a primeira que, terminadas as aulas, ia embora o mais depressa possível, sem dar a menor chance a que qualquer um dos outros colegas dela se aproximasse.

No entanto, algo além da rejeição de Miriam e do clima de guerra que se instalara na turma 112 incomodava Suzana. Tornara-se também alvo de mexericos ao admitir que era espírita. Katinha, sua amiga e também da mesma religião, apesar de serem amigas muito antes de saber que eram da mesma religião e de dar tanta importância ao fato, parecia alheia a tudo que não estivesse relacionado a boas notas. Precisava passar, nada era mais urgente ou vital do que passar de ano e se livrar da pressão incessante dos pais. Por outro lado, quase ninguém sabia que ela era espírita, e Katinha preferia que continuasse assim. Chegara a recriminar Suzana pelo que fizera, e a própria Suzana, de certo modo, arrependia-se. Envolvera-se em toda aquela confusão e a troco de quê? Apenas para tentar ajudar a mal-agradecida da Miriam, que continuava lhe virando as costas, como se ela fosse a própria encarnação do Mal.

Por essas e outras, Suzana não tinha com quem desabafar. Nunca notara ou dera muita importância ao preconceito que alguns devotavam ao espiritismo. Desde pequena, aquela era sua realidade religiosa. Nada mais corriqueiro e normal. Infelizmente, naquele instante e naquela sala, descobria que não era bem assim.

Desistira de conversar com a mãe. Outra visita dela à escola, e muito provavelmente teria que mudar de planeta. A mãe era uma pessoa das mais interessantes, mas de temperamento difícil, o que o próprio pai, bem mais tranquilo, definia como uma pessoa de pavio curto. Curtíssimo, para ser mais exato. Ela não costumava levar desaforo para casa. Por isso, Suzana achou melhor não tocar no assunto; para todos os efeitos, tudo permanecia sob controle na "turma infernal", o que estava longe de ser verdade.

Tudo lhe parecia muito estranho. Por vezes parava e tentava entender todo aquele preconceito que a rodeava. Não restava dúvida que surgira certo estranhamento desde que gritara aos quatro ventos que era espírita e, a bem da verdade, não só por parte das evangélicas, mas por boa parte da turma.

Por quê?

Katinha não sabia explicar. Calou-se por instantes, e depois disse que nunca parara para pensar muito sobre o assunto. Sua família era espírita e pronto. Nem sabia se era realmente espírita. A família era, e ponto final. Na verdade, nem era daquelas de ficar pensando muito em

Deus e coisas divinas. Como a maioria dos vivos, pensava mais em tais possibilidades quando a situação se tornava rapidamente sem solução e Deus se tornava uma opção até cômoda. Insistia que tinha muita fé e que Deus sempre a atendera, principalmente para livrá-la das notas baixas, a verdadeira obsessão por trás de qualquer repentino fervor religioso.

Desnecessário dizer que a explicação não satisfez Suzana, que por sinal passou a considerar a amiga um pouco desmiolada, pois no instante seguinte virou-se para ela e quis saber todos os tributários da margem esquerda do rio Solimões.

No dia seguinte àquela tão empolgante discussão teológica, Suzana cruzou com Miriam num dos corredores e arriscou um "oi". Mal teve tempo de abrir inteiramente o sorriso, pois Ana Beatriz puxou a amiga pelo braço e Suzana ainda conseguiu ouvir:

— Cruzes! Miriam, se afasta dessa menina! Ela é macumbeira!

Aquilo doeu fundo em seu coração. Magoou, e, mais do que simplesmente magoar, irritou.

"Ignorante", pensou Suzana. "Macumbeira? Por quê? De onde ela tirou essa ideia tão idiota?"

O espanto ou a raiva devem ter sido muito grandes, pois logo em seguida alguém atrás dela disse:

— Liga não, Suzana, são umas idiotas, principalmente aquela Ana Beatriz!

Era Cristina.

Suzana sorriu, ainda constrangida, e comentou:

— Puxa, elas pegaram pesado mesmo, não?

— Deixa pra lá. É tudo preconceito.

— Nada mais parecido com a Betina do que elas, não?

— E você achou que eram diferentes?

— Preconceituoso é tudo igual, Cristina. Só muda a embalagem. Vai por mim, elas se merecem!

Acabaram continuando a conversa.

"Cristina seria espírita também?" – perguntou-se e no instante seguinte se questionou. "Precisa ser isso ou aquilo para perceber o óbvio?

Por que precisava ser da minha tribo se fora exatamente esse tipo de pensamento que criara a 'turma infernal'?"

Pouco importava o que Cristina era ou deixava de ser. O papo foi bom e demorado. Algo diferente dos últimos tempos, quando toda conversa com Katinha e Natália, suas únicas amigas na sala, integrantes do "gueto espírita" da 112, girava em torno de diferenças religiosas e coisas do tipo. Foi interessante conversar com alguém que se dizia católica, mas, como ela, estava se cansando rapidamente de todo aquele clima de "faixa de Gaza" que assombrava a turma e dividia os alunos. Cristina nada sabia sobre a própria religião, e dava a impressão de constranger-se um bocado com a constatação feita por Suzana.

– Melhor deixar esse assunto pra lá, falou, Suzana? – Cristina pediu, acrescentando que ela podia ir a sua casa na hora que quisesse para conversarem sobre coisas que a interessavam bem mais, como cinema e música. Aliás, acabou convidando-a para ir até sua casa assistir a alguns DVDs que acabara de retirar na locadora.

Suzana aceitou, entusiasmada com a possibilidade de ter uma nova amiga.

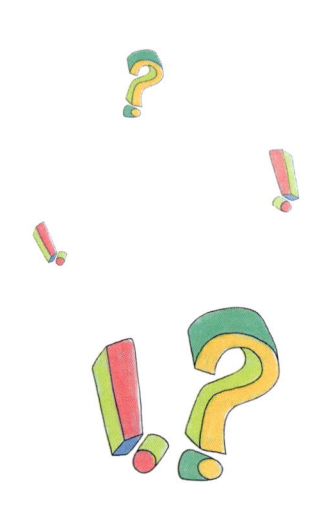

XIII

A notícia da última provocação de Betina espalhou-se rapidamente pelo colégio. Apesar de não surpreender, mais uma vez aborreceu Teresa imensamente.

"Como ela tivera coragem de debochar de coisas tão sagradas?", se perguntava, ziguezagueando entre os alunos, enquanto rumava para a sala dos professores.

"Como alguém podia levar a vida daquele jeito, movida a tão grande desrespeito às outras pessoas?"

Lembrou-se de outra daquelas confusões e da conversa que a diretora tivera com Hércules, o padrasto de Betina. Surpreendente.

Primeiro, a mãe, a quem Angélica convocara para a reunião, não apareceu e nem ficou muito bem explicado o motivo de sua ausência. Depois, a aparição de Hércules, sorridente, atencioso, até mesmo envolvente, mas completamente desinteressado pelo que a enteada fazia ou deixava de fazer em sala de aula. Minimizou tudo, informando que ele mesmo não fora nenhum exemplo de aluno nos tempos em que estudara num famoso colégio religioso de Porto Alegre. Era coisa de adolescente, assegurou, acrescentando que considerava a preocupação da diretora e dos professores bem exagerada. Prometeu muito vagamente que conversaria com a mãe dela e nada além.

Teresa lembrou-se do olhar de desalento que ela e a diretora trocaram logo que ele virou as costas.

– É, está explicado – disse Angélica, simples mas bem significativamente.

A impressão que se tinha e fora realçada tristemente pela presença de Hércules é a de que ninguém se importava com Betina e seu irmão naquela família. Diante disso, Betina devia se sentir à vontade para fazer o que bem entendesse, certo ou errado, se é que ela tinha alguma noção das duas coisas.

A diretora veio ao encontro de Teresa, o rosto transformado numa grande máscara de inquietação.

– Você já encontrou o texto para iniciar o trabalho com a turma 112, Teresa? – quis saber.

– Ainda não...

– Não dá para esperar mais. Estamos ficando sem opção, e as dores de cabeça só fazem aumentar. Já soube da última de nossa rebelde sem causa?

– E a escola fala de outra coisa?

– Aquelas duas ainda vão acabar se matando...

– Que exagero, Angélica!

– Ah, você acha?

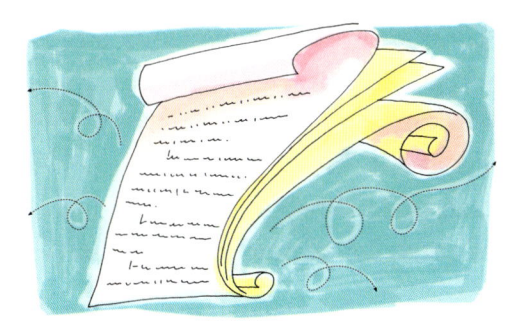

XIV

Teresa entrou na sala de aula dois dias depois extremamente confiante. Encontrara o texto que julgava adequado à situação da "turma infernal". Fora escrito por Felice D. Gaer, diretora do Instituto Jacob Blaustein para o Progresso dos Direitos Humanos, do Comitê Judaico Americano. Pediu a Anderson, um dos melhores alunos, que começasse a leitura.

Pobre coitado!

Leu, leu e leu, o texto longo despertando a atenção de alguns, os olhares desconfiados de outros, risinhos divertidos ou zombeteiros de muitos, a irritação de dois ou três. No entanto, o que mais doeu no coração de Teresa foi o longo bocejo que Betina deu, boca arreganhada até não poder mais, logo que Anderson leu a última palavra do longo texto.

Risos. Gargalhadas estrondosas. Muitas meninas, principalmente aquelas que gravitavam em torno de Betina, chegaram a aplaudir o seu gesto. Condenação e hostilidade nos olhos de Miriam. Silêncio pesado e até certa resignação no semblante cansado de Suzana, que gesticulou para Cristina quando ela deu a impressão de pretender dizer alguma coisa, os olhos estreitos fixos em Betina.

Após um instante de perplexidade, Teresa sinalizou para que se acalmassem e, imperturbável, evitando encarar Betina e esforçando-se para ignorar seu comportamento, informou:

– Bem, creio que agora podemos começar o debate. Primeiro quero que se dividam em grupos de cinco. Cada grupo vai selecionar os tópicos do artigo que considerar mais interessantes. Depois, o relator escolhido pelo grupo virá aqui na frente ler as conclusões a que chegaram. Quando todos tiverem falado, farei perguntas para discutir o assunto. Vamos lá, gente. Em quinze minutos, chamarei os...

A movimentação de carteiras e mesas foi lenta, como se nenhum dos alunos estivesse realmente interessado. Teresa insistiu. Outra decepção.

Ninguém queria se juntar a Betina, e o grupo dela ficou apenas com quatro componentes, as amigas de sempre. Por sua vez, Miriam e as amigas incorporaram nitidamente a contragosto duas outras alunas, Juliana e Rosane, somente porque as duas ficaram perambulando pela sala e acabaram sem alternativas. Quando o último grupo se formou, Betina surpreendeu a todos ao se levantar e dizer:

– Acho que não estou a fim, não, dona Teresa!

Silêncio. Constrangimento. Olhares indo de um extremo a outro da sala.

– Ué! por quê? – perguntou Teresa.

– Sinceridade?

– Por favor...

– Porque esse texto é muito chato, o que a senhora quer que a gente faça mais chato ainda, e como nenhum de nós é cego dá pra ver que ninguém tá nem aí para o que a senhora quer... Falei?

– É, falou, mas...

– Então eu prefiro ser sincera e dizer logo que não vou fazer nada...

Nesse momento, as outras meninas de seu grupo se levantaram e, ao mesmo tempo, disseram:

– Nem nós!

Nenhum dos alunos de outros grupos se moveu. Estavam todos parados, os olhos indo de Betina e suas amigas para a professora e desta para as quatro amotinadas, como viriam a ser conhecidas mais tarde nas conversas entre os professores.

– Não posso obrigá-las... – disse Teresa.

– Sabemos disso.

— Mesmo assim, eu pediria que vocês pensassem um pouco mais e se esforçassem para entender o que estou querendo fazer.

— Nós já entendemos, professora.

— E não podem fazer isso por mim?

— Lamento, professora, mas não dá, não.

Teresa esquadrinhou cada um dos rostos a sua frente. Percebeu que insistir seria perda de tempo. Serviria apenas para acirrar ainda mais os ânimos. Obrigá-las a ficar, um contrassenso ao que pretendia fazer com aquela atividade.

— Sem problemas, Betina — disse por fim.

— Vai nos mandar para a coordenação, dona Teresa? — perguntou com certa apreensão Andressa, que se juntara recentemente ao grupo das amotinadas.

— Mas é claro que não. Eu só pediria que as quatro não criassem nenhum tipo de confusão no pátio...

— Vai nos deixar sair? — espantou-se Kim, a ruiva de longos *dreadlocks* e unhas pintadas de verde.

Teresa olhou para elas e contrapôs:

— Não é o que querem?

Notou uma pequena, microscópica decepção no olhar de Betina. Pressentiu que marchara em direção inteiramente oposta àquela em que tanto Betina quanto as amigas esperavam que fosse. A confrontação. A briga. A discussão. Com certeza, algum sermão bem vigoroso antes de enviar todas para a sala da coordenação ou mesmo para a diretoria. Talvez ainda ambicionassem que Miriam e os outros alunos viessem em defesa dela, o que seria um excelente pretexto para outra briga, um grande conflito teológico que Teresa evidentemente não desejava.

Sorriu jovialmente para as quatro e, apontando a porta, informou:

— Podem ir, meninas.

As amigas entreolharam-se, e Betina, desconfiada, antes de tornar a encará-la, perguntou:

— Sem ressentimentos, professora?

O sorriso de Teresa alargou-se ainda mais.

– Nenhum, querida.

As quatro saíram vagarosamente.

Fechando a porta, Teresa virou-se para o resto da turma e disse:

– Tolerância, gente, é o tema de nosso debate.

E concordou com Betina. O texto era muito chato ou pelo menos inadequado. Por outro lado, sentiu-se animada. Havia inquietação em seu olhar. Betina estava confusa e, confusa, parecia estar mobilizando seus neurônios para algumas sinapses inesperadas, porém bem necessárias. Estava pensando.

Não era muito, mas era um começo.

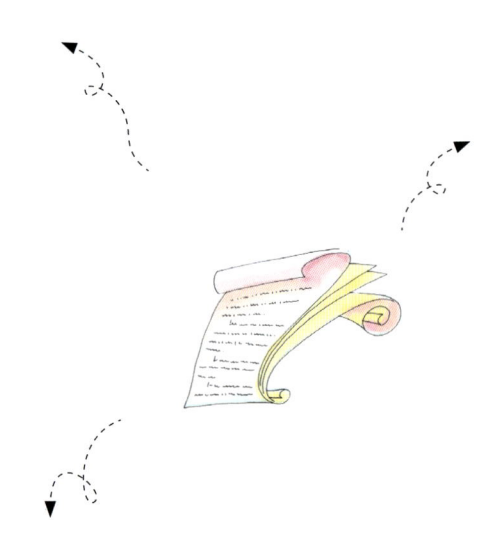

XV

O nome dela era Vanda. Mãe de Betina. Vaga semelhança. Os cabelos. Os gestos amplos. A autoconfiança até arrogante na maneira de olhar. A aparição repentina na escola surpreendeu a todos.

– Minha filha sempre foi rebelde – disse ela, como a justificar antecipadamente o comportamento de Betina, motivo de mais aquela convocação a que ela finalmente se sujeitara. – Eu mesma enfrento a maior dificuldade em lidar com ela. Tudo bem que a idade é das mais complicadas, mas, às vezes, eu concordo, ela passa um pouco dos limites. O Hércules, por exemplo, meu segundo marido, a trata tão bem, mas pensa que ela agradece? Pelo contrário, Betina o detesta, faz tudo o que pode para irritá-lo e criar confusão. O pior é que já está influenciando o irmão. Confesso que não entendo, pois vocês podem acreditar quando digo que não foi essa a educação que dei a ela.

Teresa e Angélica entreolharam-se, mas preferiram não fazer nenhum comentário, limitando-se a ouvir, já que Vanda parecia estar precisando realmente desabafar.

– O que vocês sugerem que eu faça? – perguntou ela por fim. – Eu confesso que já não sei mais...

– Dona Vanda – interrompeu Angélica com a maior amabilidade –, o problema é mesmo muito sério. Há meses que sua filha anda perseguindo uma de suas colegas de sala...

– Perseguindo? Como perseguindo? Por quê?

– Porque ela é evangélica.

— Evangélica? E Betina liga pra essas coisas? Nós não temos nenhuma religião lá em casa!

— Bom, eu não faço ideia dos motivos de sua filha. No entanto, o fato é que isso não pode mais continuar, pois estamos enfrentando problemas com os pais da menina e com os pais de outras alunas que estão se sentindo incomodados com toda essa situação e, claro, receando que Betina também as importune. Além disso, ela desrespeitou a professora Teresa e por pouco não acabou com uma aula dela na semana passada...

A diretora continuou falando, a irritação crescendo na mesma medida em que Vanda não parava de olhar para o relógio, impaciente, deixando bem claro que toda aquela conversa poderia levar, como efetivamente estava levando, ambas a um beco sem saída. Esforçava-se mais e mais para não se irritar com aquela mulher e, ao mesmo tempo, compreendia um pouco o comportamento de Betina. Não que o perdoasse e muito menos aceitasse, mas laivos de compreensão sobre o que animava seu estilo desregrado afloravam no ir e vir dos olhos de Vanda para o relógio, no transbordante desinteresse de sua postura, no cruzar e descruzar de braços.

— Bem, vou conversar com ela — prometeu vagamente. — No entanto, quero deixar bem claro que não tenho nenhuma responsabilidade sobre as atitudes dela. Não foi assim que a criei nem de forma alguma passei tais ideias de intolerância para ela. Aliás, reafirmo que não professamos nenhuma religião lá em casa. Por isso, não faço ideia de onde ela foi buscar essa coisa de... — calou-se um instante e cravou os olhos em Angélica, acusadora. — Vocês têm aulas de religião por aqui?

— Filosofia, dona Vanda — respondeu Angélica. — Apenas filosofia...

— Então realmente não faço ideia. Deve ser coisa da idade. Éramos todos esquisitos nessa idade, lembram-se?

Teresa e Angélica se entreolharam, a professora pensando:

"Alguns continuam bem esquisitos!"

Como diria mais tarde, depois que Vanda saiu.

— É, a batata quente continua em nossas mãos — diagnosticou a diretora, desanimada.

XVI

Na manhã seguinte, ao chegar ao colégio, Teresa soube que um escritor faria uma palestra para os alunos da turma 114. Lamentou não poder fazer o mesmo com os alunos da 112. De qualquer forma, a convite da professora de Redação, aproveitou o tempo disponível antes de partir para outra escola em Realengo e resolveu ouvir a palestra. Leitora voraz e autora nas horas vagas – por sinal, cada vez mais escassas em sua rotina de trabalho –, Teresa costumava frequentar círculos de leitura em centros culturais no centro da cidade e ir a encontros com autores em livrarias na Zona Sul.

A conversa entre autor e alunos foi animada e produtiva. Tomás Carreira dos Santos, um grandalhão de voz trovejante e cabeça raspada, ficou inteiramente à vontade entre os adolescentes da turma, os olhos cinzentos animados por um brilho intenso e cativante. Ao fim da palestra, os alunos rapidamente o cercaram, livros, canetas, lápis e pedaços de papel de diferentes cores e tamanhos nas mãos, perseguindo autógrafos que ele distribuiu com a maior paciência. Entusiasmada, Teresa juntou-se àquela grande confusão e, na rápida troca de palavras, acabou por acompanhá-lo até a porta. Descendo a longa rampa que levava à entrada do Giordano Bruno, acabou por contar-lhe os problemas que vinha enfrentando com a "turma infernal". Um sorriso generoso e cheio de compreensão emergiu de seus lábios, e então ele partilhou com ela um segredo que a fez sorrir.

Mal podia acreditar. De repente, de maneira completamente inesperada, encontrara aquela que se apresentava como a possível, a mais provável solução do grande problema da turma 112.

Inicialmente a ideia lhe soou como extravagante e até mesmo arriscada. Caso um dos ingredientes de fórmula tão revolucionária, mas ao mesmo tempo volátil, não funcionasse adequadamente, a situação poderia acabar ainda pior. Mas, o que tinham a perder tentando?

Nada, realmente.

Tinham bem mais a ganhar. Além do mais, para situações desesperadas, atitudes extremas, não é o que dizem?

Quanto mais pensava, mais Teresa se descobria investida de uma confiança que jamais pensara reencontrar desde a malograda tentativa de semanas antes. Precisava conversar com Angélica e com os outros professores, pois tudo seria impossível sem o apoio de cada um deles, mas... mas...

Apertou a mão do escritor com entusiasmo e chegou a ensaiar um longo discurso de agradecimento, que sucumbiu rapidamente ao curto porém muito adequado...

– Obrigada!

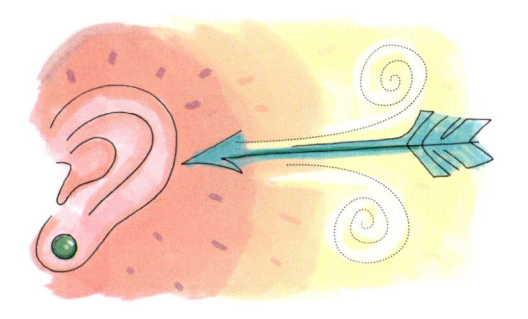

XVII

Não adiantou insinuar um protesto, ainda que tímido, antecipadamente vencido pela profunda irritação da mãe. A bronca foi monumental. Não exatamente por conta de seu péssimo comportamento ou pela sistemática implicância com Miriam e as outras alunas evangélicas, mas pura e simplesmente por Vanda ter detestado a experiência de ouvir a diretora do colégio Giordano Bruno. Ainda mais por ter, segundo ela, perdido um tempo precioso de seu trabalho por conta das má-criações e confusões que a filha provocava.

– Meu chefe é uma criatura das mais difíceis e complicadas de lidar, e eu não quero ficar saindo toda hora, para não dar pretexto para perseguições – reclamou. – Você devia valorizar mais todo o dinheiro que gasto para te manter naquela escola!

Reclamou, reclamou e continuou reclamando por mais de meia hora, incluindo obviamente breves mas impiedosas referências ao pai de Betina, aquela entidade desconhecida em que ela pouco punha os olhos e Betina conhecia apenas de fotografias antigas. Queixou-se que ele a abandonara, que não queria nem saber dos filhos, que deixava toda a responsabilidade por eles em suas costas e um monte de outras queixas que Betina conhecia tão bem e há tanto tempo.

Hércules apareceu uma ou duas vezes na sala e, como era de esperar, assegurou-lhe o mais completo e incondicional apoio, o que serviu apenas para irritar Betina um pouco mais. Obviamente, ela não disse nada. Limitou-se a ouvir, até porque ainda se recordava da última portentosa surra que levara dois anos antes. A mão de Vanda era bem pesada, lembrava-se.

    Continuou sentada no sofá, cara amarrada, queixo enterrado no peito, os olhos praticamente fechados. Nem sequer prestou atenção no que dizia. Podia recitar cada palavra, engasgar nas mesmas vírgulas de sempre. Nada mudava nem mesmo nas broncas da mãe. Não se importava mais. Há mais de um ano, decidira-se: iria embora na primeira oportunidade que tivesse. Abandonaria aquela casa onde não passava de um estorvo e ganharia o mundo. Deixaria tudo para trás. A mãe ausente. O padrasto irritante. Aquele colégio que odiava, onde todos haviam passado a evitá-la, como se tivesse algo de muito ruim e especialmente contagioso. Até as amigas, por mais que negassem, também estavam agindo diferente e evitando-a desde a confusão com a professora Teresa.

    A decisão estava tomada: iria embora antes do fim do ano letivo.

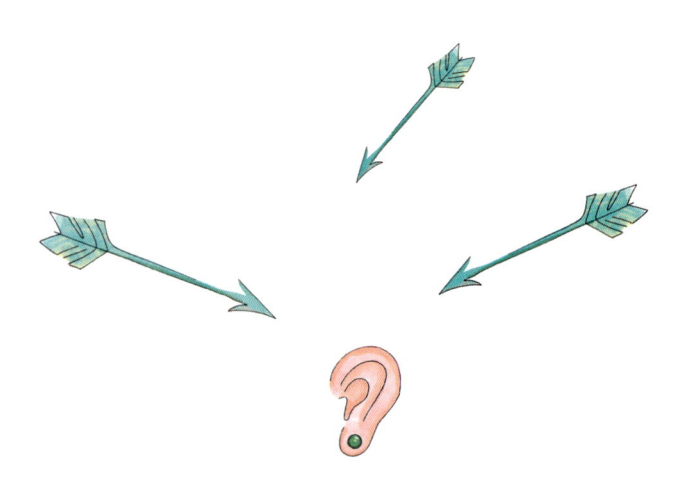

XVIII

Os pais de Miriam finalmente decidiram tirá-la do colégio. Diante da situação cada vez mais grave e da total incapacidade da direção do Giordano Bruno em encontrar uma solução satisfatória para o problema, Haroldo por fim se dera por vencido, e Mariana respirava aliviada, iniciando todo um planejamento para o novo ano letivo que a filha frequentaria numa boa escola protestante. Não importava que fosse longe do bairro. Cortariam alguns gastos, o que fosse necessário, e pagariam para que a *van* de um dos membros de sua igreja que trabalhava com transporte escolar a levasse. O que importava realmente era que Miriam estivesse bem e feliz, tranquila, longe de perseguições descabidas e inexplicáveis.

Imaginaram que a filha ficaria tão feliz e aliviada quanto eles, e Mariana chegou a recitar os nomes de várias escolas que poderiam visitar no dia seguinte para conhecer tanto as instalações quanto a direção e os professores, além, claro, de observar o comportamento dos alunos.

– Não podemos cometer os mesmos erros de avaliação que tivemos ao escolher o Giordano Bruno – concluiu, dirigindo um olhar de breve censura ao marido.

Não conseguiram esconder a decepção diante da maneira rápida e pouco entusiasmada com que Miriam recebeu a notícia.

– Não gostou? – perguntou Mariana. – Não era o que queria?
– Claro, claro...

– Então...

– É que eu tenho uma prova de Física amanhã e preciso estudar um pouco mais... – disse, refugiando-se em seu quarto.

Nada de livros ou cadernos. Despreocupação com a prova, até porque a prova de Física acontecera dois dias antes e ela fora muito bem. Betina não saía de sua cabeça.

Raiva. Frustração. Um desagradável, quase sufocante, desejo de desforra, de vingança, envenenava seu coração e a abstraía de qualquer outro pensamento. Gostaria de sair do Giordano Bruno, livrar-se daquele ambiente hostil que a fazia se sentir forasteira desde que pusera os pés na sala da turma 112. Mas não antes de ver Betina pagar pelas muitas maldades que fizera. Sabia que não devia alimentar tais sentimentos. Não era certo, não era justo aos olhos de Deus, a quem, inclusive, pedira em várias ocasiões que castigasse Betina. Chegara a imaginá-la padecendo sob os piores tormentos, sofrendo as mais dolorosas penas, aquelas reservadas aos maus; em seguida, penitenciou-se por esses desejos, até pelo mais suave, que era vê-la reprovada. Era o mínimo que Betina merecia. Caso acontecesse, até reconsideraria sair do Giordano Bruno, só pelo prazer de vê-la repetindo o ano, longe das antigas companheiras de maldade, sendo forçada a construir todo um novo grupinho de perversas...

Pouco provável. Apesar dos pesares, Betina não era má aluna. Tirava notas que se encaixavam na média, assegurando-lhe uma aprovação mais ou menos tranquila, um mistério inalcançável à compreensão de Miriam. Um de tantos.

Difícil aceitá-la ou compreendê-la. Como alguém com tanto potencial para ser excelente aluna dedicava tanto tempo e esforço a infernizar alguém que mal conhecia?

Perda de tempo. Algo indesejável.

Não queria tentar compreender. Não pretendia sequer lembrar-se de que Betina, pelo que se dizia, vivia uma existência das mais difíceis. Desistira há tempos de lhe oferecer a mão com cordialidade, até porque acreditava que receberia somente pedradas de volta. Era o seu alvo predileto e, pior, começava a se sentir abandonada por Deus naquela batalha injusta e sem o menor sentido, apesar de não dizê-lo nem para Clara nem para Ana Beatriz.

Por que Deus permitia que aquilo lhe acontecesse?

Que mal fizera?

Negligenciara sua devoção em algum ponto?

Fraquejara em sua fé?

Por mais que se esforçasse, não conseguia compreender.

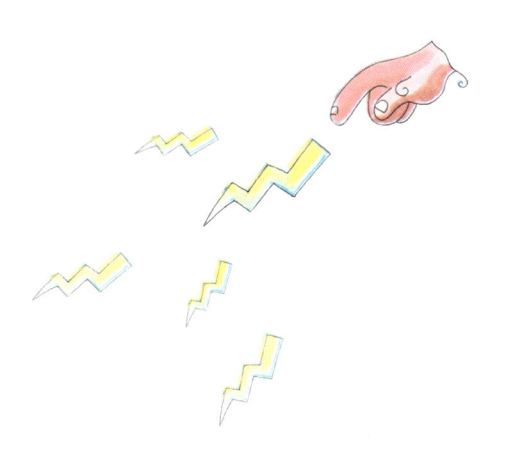

XIX

— O que você acha que vai acontecer?

Cristina estava realmente preocupada.

— Sei lá. Os professores estão perdidinhos, perdidinhos... — respondeu Suzana, enquanto examinava os vários DVDs espalhados pela mesa. — Dizem que a direção da escola vai chamar uma psicóloga.

— A Graça disse isso?

— E quem mais diria?

— E você acredita mesmo que a Betina vai aceitar uma psicóloga? Duvido muito...

— Eu também — concordou Suzana. — Pra mim, ela vai ser expulsa e caso encerrado. É bom pra turma, bom pras evangélicas e, principalmente, um alívio pro pessoal da escola.

— Toda essa história é uma grande palhaçada, sabia? Dá pra acreditar? Brigar por religião...

— E brigar sem nenhum motivo, né?

— Você acha?

— Não tenho a menor dúvida. Coisa de louco. Melhor deixar pra lá. Desde que aquelas doidas me chamaram de macumbeira...

— As crentes?

— E quem mais seria?

— Ah, esquece!

— Tentei, pode acreditar, juro que tentei, mas está difícil de engolir.

— Melhor não pensar nisso, falei? Você não é nenhuma feiticeira...

— Mas tem gente que pensa como elas, Cris. Não diz como elas disseram, mas, depois daquele dia, muita gente fica me olhando atravessado...

Cristina sorriu, divertida:

— Lança um feitiço neles!

— Ah, você também, Cris?

— Brincadeirinha.

— Você diz isso porque faz parte da maioria.

— Que maioria? Dos que não vão à igreja e não estão nem aí para o assunto? Confesso que sim!

— Deixa de bobagem, Cris...

— Eu ia lhe dar o mesmo conselho, amiga. Não perde tempo se estressando com isso, não. Não vale a pena. Vai por mim, não vale...

— Mas...

— Eu sei, eu sei. É a sua religião e... aliás, você nunca me falou sobre espiritismo. Prometeu, prometeu, mas cumprir que é bom, até hoje...

— Ah, isso é muito complicado de explicar para quem não é da fé. Deixa pra lá, vai.

— Não quer falar sobre isso?

— Preferia não.

— Ué! por quê?

Suzana ficou olhando para a amiga, em dúvida. Jamais admitiria, mas ultimamente andava sentindo certa vergonha ou pelo menos um pequeno constrangimento ao admitir que era espírita. Nunca pensara seriamente sobre o assunto. O kardecismo fazia parte de sua vida desde sempre. Seus pais se orgulhavam de pertencer à doutrina e, por isso, ficava ainda mais difícil chegar até eles e admitir que tinha tantas dúvidas. Nem a mãe nem o pai entenderiam. Pior, seria obrigada a admitir que todos aqueles acontecimentos na "turma infernal" haviam contribuído para abalar suas convicções.

— Tudo bem, já que você quer saber... – disse finalmente, respondendo as primeiras perguntas o melhor que pôde, falando das reuniões semanais que a família realizava, geralmente à noite, em sua casa mesmo. Liam livros espíritas e depois discutiam o que liam. Nada de encantamentos.

Cristina disse que entendia, mas dava para ver, pela maneira como encarava Suzana, que a compreensão era um pouco mais do que a mínima esperada. Espantou-se ao saber que nem sempre iam a centros espíritas ou que ninguém tocava tambor, fumava charuto ou sacrificava animais...

– Você está confundindo a nossa religião com cultos de outras religiões – advertiu Suzana com generosidade. – E você, como católica, vai à missa aos domingos? Seus pais vão?

Cristina arregalou os olhos, colocando-se na defensiva:

– Pra quê?

Suzana sorriu.

– E pra que um católico vai à missa, menina? Pra rezar, o que mais? Você vai?

– Às vezes. Não dá pra ir sempre, você sabe.

Cristina sentiu-se pouco à vontade para falar da religiosidade de sua família, que praticamente inexistia. Como a mãe mesmo falava e admitia, a maioria das pessoas se dizia católica apenas por dizer, sem maiores consequências ou resultados. Muitas nem sequer eram batizadas ou conheciam um versículo da Bíblia.

– Bom, melhor a gente escolher logo o filme que vai assistir, você não acha? – Cristina resolveu mudar logo de assunto, revirando os muitos DVDs que estavam em cima da mesa.

Suzana concordou.

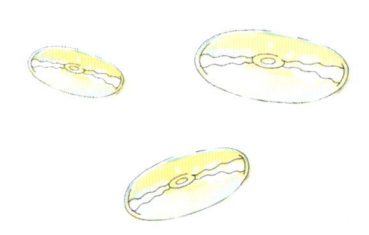

XX

Não foi fácil convencer os professores. Até mesmo Angélica, que sempre acreditava nas propostas e sugestões de Teresa, hesitou bastante antes de apoiá-la e ajudá-la a convencer os mais recalcitrantes professores.

Quem seria capaz de condená-los?

Depois dos últimos acontecimentos, quase todos os professores eram de opinião de que nada mais havia a ser tentado. Desistiam. Alguns, como Mauro, chegaram mesmo a tentar demovê-la daquela ideia que consideravam absurda, desespero puro e simples.

– Nós vamos acabar nos desgastando mais um pouco e, creiam, inutilmente – garantiu Mauro.

Mercedes, mais ponderada, quis saber detalhes, apesar de estar igualmente desanimada e bem cética, como fez questão de admitir.

Teresa ouviu a todos. Resistiu até com surpreendente obstinação à argumentação de Mauro e de outros professores e, por fim, assegurou que, acontecesse o que acontecesse, ela se responsabilizaria por tudo, obtendo sucesso ou fracassando mais uma vez.

Mais calculista e pragmática, Angélica, enquanto ouvia, pensava que, se tudo corresse bem, certamente poderia tirar o máximo proveito da situação, mudando o quadro tão desfavorável em que agora se inseria o respeitado colégio Giordano Bruno. Aquele projeto finalmente poderia reunir pais, alunos e professores num objetivo comum. Todos poderiam constatar então os esforços e a dedicação do corpo docente para resolver os problemas que vinham infernizando a vida de todos. O risco não era menor, pois Betina poderia aprontar uma das suas e o vexame seria completo.

— A tentativa que fiz, quando usei Felice Gaer, não deu resultado porque o artigo era muito técnico e, cá entre nós, bem chato para adolescentes como os que temos nas mãos. Além do mais, ninguém estava preparado. Mas agora acredito que será diferente.

— Até para nós – cortou Márcia, secamente.

— Sei disso e estaria mentindo se dissesse que tenho muito medo do que estou pretendendo fazer...

Olhares de surpresa foram trocados.

— Não tem? – perguntou Mercedes.

— Medo, não – respondeu Teresa. – Estou apavorada!

— Então por que insistir em algo que...

— Ué! porque não temos opção, e eu me recuso a simplesmente cruzar os braços sem antes fazer uma última tentativa.

— Não sei, não...

— Agora vai ser diferente, acreditem. Só existe um meio de fazer as pessoas saírem de dentro de suas cascas de egoísmo e indiferença: mexendo com a emoção delas, com aquilo que elas tentam esconder ou do qual não gostam.

— Vamos mexer com a emoção daqueles diabinhos? – perguntou Márcia. – E eles têm alguma?

— Ah, pode apostar que sim, e eu vou tocar bem lá dentro da ferida, vou incomodá-los com aquilo que eles mais temem...

— Como é que é?

— De que estamos falando? – insistiu Mauro, pela primeira vez real e sinceramente interessado.

— Aquele autor que nos visitou na semana passada me indicou esse trabalho.

— Que tipo de trabalho?

— É uma peça de teatro que ele escreveu quando ainda nem pensava em ser escritor e dava aulas numa escola lá na Barra da Tijuca.

O silêncio foi dos mais demorados. Teresa olhou para cada um daqueles rostos à sua volta e percebeu que não poderia contar com muitos deles. Espantou-se um pouco quando Mauro e Márcia se ofereceram para ajudá-la. Decepcionou-se com Mercedes, que inventou meia dúzia de desculpas mais transparentes do que seu constrangimento para não participar. Angélica apresentou-se como cobaia número um do experimento de Teresa, fazendo o sinal da cruz e murmurando:

– E que Deus nos ajude...

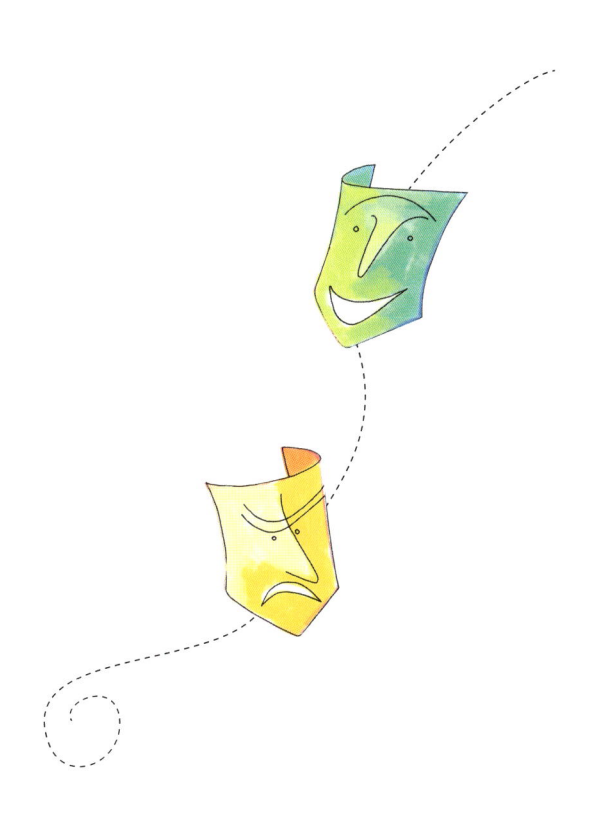

XXI

— É por isso que este país não vai pra frente! – explodiu Vanda, contrariada, agitando a pequena folha de papel que carregava.

— O que houve, meu bem? – Hércules saiu de trás do jornal, assustado, olhos enormes indo dela para o papel e retornando para a carranca mal-humorada e muito vermelha da esposa.

— Já não bastava o barroquismo, e agora sou vítima da burocracia daquela escola!

— Como é que é?

— Uma reunião, Hércules, aquelas desocupadas do Giordano Bruno marcaram uma nova reunião para discutirmos os problemas das meninas...

— De novo?

— É, isso é bem típico do Brasil. Se você não consegue ou não quer resolver um problema, crie uma CPI, prometa apurar e, por fim, organize uma reunião. Todos iremos falar até a língua inchar e não caber mais na boca, nos esgoelaremos por coisa nenhuma, faremos terapia na qual lavaremos toda a roupa suja possível e, no fim, exaustos, presas fáceis da acomodação e do famoso deixa pra lá, voltaremos para casa com a certeza do dever cumprido e nada resolvido porém bem encaminhado... até que o ano letivo acabe!

— Eu...

— Típico, bem típico.

— Eu vou ter que ir?

Vanda alcançou-o com um olhar faiscante e dos mais irritadiços enquanto respondia:

— Nós iremos, queridinho, nós iremos...

XXII

– Será que dá para você sair de trás desse jornal só um minutinho, querido?

Ele desvencilhou-se com alguma relutância do informe econômico e, sem fazer o menor esforço para esconder uma monumental contrariedade, resmungou:

– O que foi agora?

– Isso – ela estendeu o pequeno pedaço de papel timbrado que tinha numa das mãos e acrescentou: – Isso é o que foi agora, senhor Homem de Negócios.

Mais desinteresse da parte dele:

– E o que é isso?

Reconheceu a pequena coruja vermelha que encimava a folha de papel e identificava o colégio Giordano Bruno há mais de setenta anos, ele frequentara suas quase seculares salas de aula por muitos anos. No entanto, apreciava enormemente provocar a esposa. Nada de muito sério ou especialmente cruel. Pequenas porém deliciosas implicâncias, algo apenas para tirá-la do sério, tingir de vermelho suas bochechas e estreitar os olhinhos claros, dardejantes de irritação. Aquela chispa de contrariedade que emergia deles em tais momentos, não sabia explicar, o deixava especialmente deliciado.

– Uma convocação do colégio – informou a esposa.

– Uma reunião?

– E o que mais seria?

— Você vai! – garantiu ele, entrincheirando-se mais uma vez no informe econômico.

Ela ainda esperou que ele saísse de trás da sólida muralha de distanciamento que representava o jornal. Em vão. Lá ele se escondeu e de lá só saiu para apanhar o paletó abandonado no encosto da cadeira e correr para bem longe daquela nova conflagração escolar que se avizinhava.

— Novidade! – resmungou ela na solidão da cozinha. – Não sou sempre eu quem vai?

XXIII

Haroldo olhou para Mariana, os dois sentados no sofá, a televisão despejando, num facho iridescente de luz sobre ambos, uma profusão de publicidade à qual os dois aparentavam não dar a menor importância.

– Você vai? – perguntou, apontando para o envelope e a folha de papel, ambos com o timbre do Giordano Bruno, carta registrada, que a esposa tinha numa das mãos.

– Eu ia lhe fazer a mesma pergunta – disse Mariana, expressão contrariada no rosto.

Haroldo olhou para ela e, mais uma vez, para o envelope e a carta que segurava. Entre as poucas palavras de Mariana, encontrou a mesma condenação dos últimos dias, a determinação de transferir a filha logo que o ano se encerrasse e até mesmo a peregrinação feita na semana anterior por várias escolas de orientação protestante. Sabia muito bem o que ouviria se respondesse àquela indagação com a resposta que ela acreditava que daria.

Preferiu arriscar-se, ser coerente com aquilo em que acreditava, e afirmou:

– Acredito que deveríamos fazer uma última tentativa...

– Eu sabia... – Mariana estava disposta para outra discussão.

– ... mesmo que nossa filha não continue naquela escola, só para que tenhamos um pouco de paz e tranquilidade nos meses que faltam para o ano terminar – concluiu, imperturbável mas conciliador.

— Acho que vai ser inútil!

— Talvez seja mesmo, mas devemos dar esse último voto de confiança ao colégio.

— Você vai.

— Nós vamos, Mari. O convite foi feito aos pais de Betina e de todos os alunos da turma...

— Betina, Betina... você ainda consegue falar esse nome aqui em casa, Haroldo?

— Ignorar o problema não resolve o problema, querida.

— Ah, tenha paciência, Haroldo!...

Haroldo voltou-se para a televisão, mergulhando na profusão caleidoscópica de imagens ao entrever a aproximação de uma nova discussão no horizonte tempestuoso em que se converteram suas vidas nos últimos meses.

Não queria discutir. Não desejava passar mais horas e horas argumentando ou vendo-se frente a frente com outros questionamentos injustos sobre sua fé.

O noticiário das oito serviu adequadamente aos seus propósitos.

XXIV

A cantina estava cheia. Suzana e Cris tiveram que abrir caminho aos empurrões e cotoveladas pela multidão de famintos e impacientes dos últimos anos, os refrigerantes que carregavam entornando em alguns e o molho dos sanduíches lambuzando outros, para alcançar a mesa surpreendentemente vazia atrás de uma pilastra.

– Sua mãe vem? – interessou-se Cris.

Mastigando ferozmente, Suzana negou com a cabeça.

– E a sua? – contrapôs.

– Claro. Ela e meu pai.

Suzana surpreendeu-se:

– Seu pai?

Cris sorriu.

– É, ela falou tanto no ouvido dele que o grande homem de negócios encontrou uma brecha em sua agenda para se preocupar com a filhinha querida.

– Nossa, que cruel, Cris!

– Ah, você acha? É porque você não conhece meu pai.

– Não deve ser tão ruim assim...

– Não, não é. Mas de vez em quando eu bem que gostaria que ele... ele... – Cris encarou a amiga, mostrando arrependimento na maneira como piscava repetidamente, um brilho novo e úmido no olhar. – Ah, esquece!

XXV

A faixa estendida na entrada do colégio Giordano Bruno encerrava promessas e boa vontade numa única, porém poderosa, expressão:

BEM-VINDOS!

Mais do que isso, era uma grande expectativa, uma proposta de luta contra problemas, tensões, desconfianças existentes nos olhares dos pais que chegaram pouco depois das nove horas, para a reunião.

Decididamente, não seria apenas mais um dia ensolarado no Rio de Janeiro.

Por trás do silêncio, o confronto era palpável. Poucos se cumprimentavam enquanto marchavam para o grande auditório no segundo andar. Passos. Nada além de passos apressados ressoavam pela serpenteante imensidão de degraus e corredores. Impaciência. Hostilidade mal disfarçada. Frieza. Nada mais fácil do que enumerar os muitos sentimentos que afastavam aquele grupo de homens e mulheres.

Vanda reclamou qualquer coisa. O pai de Cristina não parava de olhar para o relógio e, por mais estranho que possa parecer, ele continuava sendo tratado como "o pai da Cristina", pois ninguém sabia seu nome e ele não se preocupara em dizê-lo. O relógio era a sua grande preocupação, o que levou um dos inspetores que escoltavam o silencioso grupo a chamá-lo de Doutor Relógio.

Um outro pai não parava de perguntar à esposa se ligara o alarme do carro e insistia em mencionar a marca, alteando a voz à medida que nenhum dos outros espichava o olhar ou dava a impressão de estar interessado na informação.

Outra tinha um compromisso inadiável na igreja do bairro com seu grupo de evangelização. Um celular tocava de tempos em tempos, e quatro ou cinco se lançavam até com volúpia na direção dos bolsos e bolsas para atendê-lo. Um importante dermatologista tinha meia dúzia de consultas que aparentemente salvariam o universo de uma devastadora epidemia de micoses de tenebroso aspecto e letalidade comprovada. Uma advogada dera a impressão de estar prestes a equacionar um tratado de paz entre palestinos e israelenses no Oriente Médio. Alguém aparentava ser o comandante do primeiro voo tripulado a Marte, e, fechando o pequeno grupo, uma veneranda senhora, avó de um dos alunos da turma problemática, iniciou o que prometia ser um motim contra o colégio, incapaz de resolver um simples problema de indisciplina que, por sinal, vinha prejudicando o rendimento escolar de seu neto.

— Religião se discute na igreja! — fulminou, imperturbável, diante do olhar inamistoso de Mariana.

Esperou-se com grande expectativa que algum dos pais levantasse uma questão de ordem ou apelasse para verificação de *quorum* para encerrar tão indesejada reunião, mas, tivessem ou não pensado no assunto, todos aparentavam ser de tal maneira incapazes de se unir em torno de qualquer coisa que a ideia simplesmente não foi levada adiante.

Por fim, alcançaram o auditório. Mais do que depressa, o mais velho entre os inspetores abriu um dos lados da porta, gesticulando para que outro funcionário fizesse o mesmo com a metade da direita.

"Hipócrita!"

O grito alcançou a todos logo depois do primeiro passo para dentro, e instintivamente pararam. Todos. Ao mesmo tempo. Pais. Mães. Inspetores. Mesmo o pai da Cristina, que se preparava para olhar mais uma vez para o relógio.

— Mas o que é isso? — balbuciou Doutor Relógio, os olhos se juntando àquela maré de olhos arregalados e às três ou quatro dezenas de bocas abertas porém emudecidas, que foi descendo a trilha vermelha do tapete que dividia o mar de cadeiras vazias e levava ao imenso palco onde, em torno de uma mesa igualmente grande, uma grande discussão acontecia.

— Todos vocês não passam de um bando de hipócritas! — insistiu a professora de Educação Física, braços agitados em gestos amplos, indicadores espetando o ar com raiva enquanto eram apontados para os outros professores espalhados em torno da mesa. — Fingindo preocupação com...

— Ninguém está fingindo nada! — protestou Mauro, exaltado, levantando-se e brandindo o indicador de forma desafiadora enquanto acrescentava: — E veja lá como fala, ouviu bem, Mulher Maravilha?

— Quem é Mulher Maravilha? Quem? Quem?

Mauro sorriu zombeteiramente.

— O quê? Não gostou? — insistiu, provocador. — Prefere outra coisa?

— É, pelo estilo ela lembra mais uma lutadora de boxe — acrescentou em tom de malícia o jovem professor de Geografia.

— E quem te chamou na conversa, seu intrometido? — dardejou Márcia.

Ele levantou-se, indignado:

— Quem é intrometido?

— Você mesmo, como sempre falando bobagens...

A discussão tornou-se ainda mais acalorada, obrigando Angélica e outros professores a intervir, separando-os até mesmo na mesa, Márcia ajeitando-se num dos extremos e Mauro e o outro professor no extremo oposto.

— Mas o que é isso, gente? — perguntou Vanda, boquiaberta.

— Não faço ideia — Mariana sorriu, divertida —, mas está bem interessante, não está?

Nesse momento, Teresa levantou-se e procurou apaziguar:

— Ah, por favor, vamos nos acalmar e tentar lembrar por que estamos aqui.

Uma professora corpulenta e de cabelos grisalhos bem curtos sentada à direita de Márcia cutucou-a com o cotovelo e disse:

— Pronto, agora vai falar aquela que tem todas as respostas, a porta-voz da molecada...

— O que foi que você disse, Bárbara? — Teresa aparentava se esforçar para controlar a própria raiva. — Eu...

— É isso mesmo, novata. Você chegou aqui muito depois de cada um de nós, e desde que chegou não faz outra coisa a não ser tentar nos diminuir...

— Mas o que é isso?

— A verdade, querida. A verdade dói, mas continua sendo...

— Bobagem!

— Ah, é?

— Com certeza!

— Quem é que fica o tempo todo falando que o papai milionário vive insistindo para que ela saia deste colégio e que prometeu lhe dar um colégio se...

Teresa gaguejou:

— Eu, mas... quer dizer, foi apenas um comentário bobo...

— Comentário bobo da grande heroína da educação nacional, aquela que trabalha não porque precise, como nós, pobres mortais jurássicas, mas porque quer, acredita e, mais, tem certeza de que "pode fazer alguma diferença". A beleza meio desligada que finge que não liga nem dá importância aos olhares de alunos e professores, mas fica flutuando, toda cheia de si, quando ouve o menor comentário. Aquela que diz ser amiga de seus alunos apenas para mascarar o fato de não ter a menor autoridade perante eles.

— Mas... mas... — Teresa estava pálida e trêmula, mordiscava os lábios como se não soubesse o que dizer ou como fazê-lo, olhos úmidos, as lágrimas contidas pelos cílios que batiam repetidamente. — Eu...

— Você não quer ajudar a turma, mas antes se ajudar. Resolver o que todos chamamos de problema da turma 112 na verdade é uma forma de impor suas verdades sobre cada um de nós e, ao mesmo tempo, salvar a própria pele.

— A minha pele?

— É, meu bem.

— Como...

— Não foi você que começou com essa história de deixar que seus alunos se expressassem livremente? Não foi você que sempre disse que nós nos parecíamos mais com carcereiros do que com professores? Que regras devem ser feitas de comum acordo?

– As teorias mais modernas...

– As teorias são o que são, queridinha: teorias. Não são roupas feitas em escala industrial às quais pessoas se adaptam. O que funcionou em determinado lugar não tem a menor chance de funcionar noutro, ou muitas vezes não funcionam em lugar algum. Geralmente, teorias não entram em sala de aula nem são boas se comprometem qualquer princípio básico de autoridade. São iguais a palavras difíceis: bonitas de serem ditas, mas incompreensíveis para a maioria das pessoas.

– Tudo bem, tudo bem. Eu posso ter cometido meus erros...

Bárbara e Márcia trocaram um risinho sarcástico, e a primeira debochou:

– Quanta humildade...

– ... mas eu pelo menos não me valho da intimidação e da hostilidade com meus alunos para resolver meus problemas pessoais!

– O que foi que você disse?

– Ah, vamos lá, Bárbara. Já que você preza tanto a verdade, por que não admite que a sala de aula é a sua válvula de escape diária? Que entre quatro paredes você humilha este e aquele, desmerece e ridiculariza outros tantos, chantageia e maltrata alunos para fugir da realidade da vidinha miserável que leva? Um apartamentozinho no Rocha, os filhos que só te visitam para pedir dinheiro e que, se não conseguem, te negam até o contato com seus netos, o marido que te trocou por outra e o rapazote – um ex-aluno, pelo que soubemos – que vive te explorando mas você suporta para não ficar sozinha... preciso falar mais? Acho que não. O resto a Márcia, sua grande amiga, já disse pra todo mundo...

O olhar irritadiço de Bárbara despejou-se contra a professora de Educação Física, o que fez Teresa sorrir e concluir:

– Mas creio que você já sabe disso, não? Aguenta a língua solta dela apenas porque ela também faz parte de sua cota de remédios contra a solidão...

Angélica levantou-se, aborrecida, socou a mesa e gritou:

– Já basta, ouviram bem? Já basta!

Todos os olhares convergiram para ela, e Mauro gargalhou, surpreendendo-a.

— Mas o que é isso, Mauro?

— Ah, me desculpe, Angélica, mas essa foi muito engraçada.

— O quê, posso saber?

— Esse seu gesto de autoridade.

— Hem?

— Definitivamente, socar a mesa é uma novidade para mim e não é seu estilo...

— Ah, é? E qual é o meu estilo, na sua opinião, posso saber?

Mauro olhou à direita e à esquerda, antes de mais uma vez encará-la e contrapor:

— Delegar responsabilidades e cobrar resultados. Esse é o seu estilo. Você sabia havia muito tempo dos problemas na turma 112, mas preferia fingir que nada de mais grave estava acontecendo. Afinal de contas, seu tempo é precioso e você tem coisas mais importantes com que se preocupar. Administrar uma escola é mais importante. Garantir que os pais receberão exatamente por aquilo que pagaram é importante. Garantir que não se aborreçam e tirem seus filhos, que não os levem para outra escola é importante. Importante não é a escola, mas o relógio que cronometra o tempo que você vai dedicar às dificuldades enfrentadas por professores e até mesmo por alunos. Importante é a página do jornal onde saiu a publicidade do colégio. Importante, como o é para muitas pessoas, é o dinheiro, pois o dinheiro paga tudo e justifica tudo: o desinteresse, a coisificação das pessoas, o ter antes do ser que virou a verdadeira bíblia de muita gente neste mundo, enquanto, na escola como na vida, o mais importante não é nem aprender a somar, dividir, saber qual é a capital do Usbequistão ou a distância entre a Terra e a Lua, mas simplesmente achar-se como ser humano, encontrar seu espaço e respeitar o dos outros.

Angélica parecia surpresa:

— Você nunca me disse isso antes, Mauro...

— E adiantaria? Você é como muita gente por aí, Angélica: apenas ouve a si mesma.

— Eu...

— Não é culpa sua. Estamos todos ficando mais ou menos assim. Nossas certezas e verdades é tudo o que realmente importa. Não é o fim do mundo...

— Não mesmo, Mauro? — questionou uma triste e melancólica Teresa, refestelada em sua cadeira.

— Como é que é?

— Ih, lá vem ela novamente, a protetora da verdade e da justiça, aquela que sabe todas as respostas mas ignora solenemente as perguntas, a sacerdotisa do que é certo e do que é errado... — fustigou Bárbara, carrancuda, os cotovelos solidamente apoiados no tampo da mesa.

— Deixe-a em paz, Bárbara! — protestou o professor de Geografia.

— O segredo de tudo na vida é aceitar as escolhas que fazemos e respeitar as dos outros, concordemos ou não com elas, pois apenas a nossa nos pertence, somos responsáveis por ela... — Teresa parecia divagar, os olhos fixos em lugar algum. — Mas hoje...

— Somos perigosos para nós mesmos, pois carregamos nossas verdades como pedras dentro dos bolsos, sempre preparadas para serem arremessadas contra qualquer um que diga algo diferente, pense diferente ou simplesmente questione seja lá o que for que digamos...

— Mais, Mauro, um pouco mais. Somos perigosos para todos aqueles que estão à nossa volta e que podemos de alguma forma influenciar, pois acabamos procurando outros que pensem como nós e, quando não encontramos, resolvemos criá-los valendo-nos de qualquer artifício ou meio para conseguir. O que fazer? Aceitar? Nos dividirmos ainda mais?

Bárbara virou-se para Angélica e, sorrindo desdenhosamente, disse:

— Eu não tenho uma resposta, mas tenho certeza de que ela já deve ter uma na ponta da língua...

Virou-se para Teresa e indagou:

— Ou estou enganada?

— Não pergunte a mim — disse Teresa, levantando-se e apontando para a frente e acrescentando: — Pergunte a eles!

Pegos de surpresa, Vanda, Mariana e os outros pais e mães que se amontoavam na entrada do auditório e aos quais haviam se juntado dezenas de alunos, muitos da turma 112, entreolharam-se, confusos.

Adiantando-se ao grupo, Doutor Relógio, visivelmente contrariado, resmungou:

– Mas o que significa isso? O que é isso?

Angélica marchou até os limites do imenso palco e, com um sorriso apaziguador, respondeu:

– Isso são seus filhos...

– Como é que é?

– ... ou os pais de seus filhos. O senhor pode escolher!...

O silêncio perdurou por mais de cinco minutos, os olhares deambulando, sem rumo, sem explicação, e com certo constrangimento, de um rosto a outro, pais e filhos, pais e alunos, enquanto Angélica e os professores se juntavam num dos lados do palco e se punham a observá-los. Tentavam entrever qualquer sinal de entendimento, por menor que fosse, através da densa e inescrutável névoa de perplexidade colocada até como forma de defesa contra aquela compreensão que foi aparecendo aos poucos no rosto de alguns.

– Então, o que nós vimos... – principiou Mariana, a voz traindo um temor diante das palavras que dizia.

– Foi tudo uma encenação – informou Bárbara.

– A turma de nossos filhos é assim? – indagou Doutor Relógio.

– Para o senhor ver o que temos que enfrentar por mais de duzentos dias – disse Mauro.

– Mas vocês são bem pagos para... – uma mãe mais impaciente principiou a dizer.

Teresa espalmou a mão direita entre ela e sua interlocutora, interrompendo:

– É a mesma coisa que seus filhos pensam.

– Como é que é?

– Que, como eles pagam, podem fazer o que bem entenderem, inclusive não fazer nada.

Angélica aproximou-se e abraçou-a, informando:

– Essa peça foi encenada pela primeira vez dez anos atrás, num colégio de São Paulo, que enfrentava o mesmo problema que enfrentamos atualmente com a turma 112. Foi a nossa última tentativa. E, ao fazê-lo, cada um de nós percebeu que nossa visão também era parcial...

Nova troca de olhares entre pais e filhos.

– Nós nos equivocamos ao assumir a visão de que somos uma ilha e que os problemas fora de nossa ilha não nos afetam – disse a diretora. – Estávamos errados, e eu assumo inteiramente esse erro. Os problemas dentro de nossa "ilha" nasceram longe dela, mas se transformaram em nosso problema e um problema sem solução no momento em que deixamos de perceber que só o resolveríamos se antes tentássemos resolver, ou, pelo menos, compreender sua origem.

– Nós? – perguntou Haroldo.

– Perdoe-me a sinceridade, meu amigo – disse o professor de Geografia –, mas, se não somos parte da solução, certamente somos parte ou todo o problema. Nossos filhos são apenas reflexos dele e a escola, a válvula de escape onde todos os problemas do mundo acabam desembocando.

– Então somos culpados por tentar ensinar a verdade para nossos filhos? – insistiu Mariana, entre todos a que aparentava estar menos à vontade em toda aquela discussão.

– As pessoas leem a Bíblia e cada um a interpreta à sua maneira – ponderou Angélica. – As pessoas fazem o mesmo com o Corão, com a Torá ou qualquer outro livro sagrado. É da natureza humana acreditar que estamos certos, que Deus olha por nós, que somos bons crentes. Na verdade, não percebemos que, quanto mais acreditamos que Deus está conosco, mais Ele se afasta de nós, pois a essência de Deus é a tolerância, a paz, o respeito às diferenças, a preocupação com o outro em suas dificuldades e problemas. Outro dia, ouvi num documentário, desses da National Geographic, uma frase dita por um fotógrafo iraniano chamado Reza, que a repetia a partir de um poema de um poeta árabe que ele não disse o nome. "Somos parte de um corpo, e, quando uma parte do corpo sofre, todo o corpo sofre também." O que quero dizer?

– Sim, o que a senhora está querendo dizer? – insistiu Vanda.

– Que precisamos estar juntos, mesmo tendo opiniões e visões de mundo divergentes. Quem está certo? Quem está errado? Não seja arrogante! Ninguém sabe realmente. Talvez um dia saibamos, ou não, mas precisamos estar juntos, gente. Não podemos ficar olhando para nosso próprio umbigo e acreditar que somos melhores do que os outros. Sabe por quê? Porque somos todos pó, porque somos todos inacreditavelmente sem importância. Porque podemos, no momento em que nos acreditamos melhores, também nos acreditarmos maiores, e maior mesmo, gente, é Deus. E sabe por quê? Porque Ele é eterno, e nós, não. Porque Ele é perfeito, e nós passamos muito longe disso. Mesmo para aqueles que não acreditam em Deus algum, não há como fugir da certeza de que não somos nada ou somos muito pouco. Nascemos medíocres, e poucos conseguirão ir muito além de sua mediocridade, da artificialidade de seus sentimentos e vontades, da grande importância que damos a nós mesmos. Disso, aliás, nascem aqueles sentimentos que envenenam nossas relações e vêm infernizando a vida em nossa escola: rancor, inveja, hipocrisia, frustração e, o pior deles, a individualidade mesquinha, que faz com que o mundo seja meu, que todos os maiores problemas sejam os meus, que apenas eu importe, que eu seja o esperto e o relevante num mundo onde todos, claro, são idiotas. Percebem? Somos realmente muito pretensiosos...

– Concordamos com a senhora – disse Haroldo –, mas isso ainda nos deixa sem uma solução para o problema da turma 112. Ou não?

– Não, se trabalharmos juntos para encontrar respostas. Vocês terão que nos ajudar. A escola tem limites. Toda escola tem limites. Há coisas que uma escola, por melhor que seja, não pode ensinar nem substituir. Há coisas que a família faz, ou deveria fazer, que a escola não deve nem ousar prometer. O que nos une? A responsabilidade. Nós, sobre nossos alunos, e vocês, pais, sobre seus filhos. Se não tivermos consciência disso, ficaremos tendo de encontrar soluções onde elas não existem, ou simplesmente punir, como se punições mudassem ou resolvessem a natureza de nosso problema, que é de convivência e compreensão. Espero sinceramente que possamos fazer isso.

– E o que fazer? – perguntou Betina, saindo de uma hora para outra do meio da multidão de pais e alunos.

– Conversar seria bom – respondeu Mauro.

– Conversar com quem não quer conversar com a gente.

– Eu disse que seria fácil?

Angélica sorriu para o professor e, virando-se para Betina, os olhos pairando por uns segundos sobre a expressão carrancuda do rosto de Vanda, acrescentou:

– Ah, isso terá que ser feito, pois eu não tenho uma resposta pronta e acabada para um problema que não começou nesta escola, mas está crescendo dentro dela. Revejam conceitos e estudem suas prioridades. Podemos ajudar, isso sim, até porque nossos problemas fazem parte de seus problemas.

– Então a culpa é nossa? – protestou uma mulher de cabelos grisalhos e olhos inquietos, avó de um dos alunos, visivelmente contrariada.

– Perdoe-me, senhora, mas estamos aqui atrás de culpados ou buscando soluções? – indagou Márcia.

– Ah, mas é claro que procuramos soluções...

– Pois é o que estamos dizendo.

– Não entendi...

Teresa sorriu gentilmente. Foi até a beira do palco, inclinou-se, as mãos firmemente apoiadas nos joelhos, e explicou:

– Nós teremos que resolver juntos, senhora, pois o problema não é de um aluno ou de outro, mas de quase todos. Talvez a palavra mais adequada no momento seja "respeito". Respeitar não apenas o professor, o inspetor, a diretora, a senhora, mas todos. Aqui não há nenhum budista, e eu não sou budista, mas gosto de ler, e outro dia li as palavras de um sábio budista que dizia que nós todos fazemos parte da grande família da humanidade e somos moradores em comum de uma imensa casa chamada Terra. Não há outra forma a não ser nos entendermos. Não há por que não chegarmos a um entendimento por meio do diálogo sincero. Ao menos devemos nos esforçar para isso. Quem não se esforça nesse sentido, mostra arrogância. Além disso, na maioria das vezes, existe por trás dessa postura um espírito **covarde** que tenta **proteger a si** mesmo. As pessoas não são nobres desde o nascimento, mas se enobrecem por suas ações. As pessoas não são medíocres ao nascer, mas tornam-se assim por suas ações. Se existe alguma diferença entre as pessoas, ela está somente nas suas realizações...

Por fim, piscou um dos olhos para todos e, provocadora, concluiu:

– Podemos pelo menos tentar?

XXVI

Nada se transformou da noite para o dia e nem as confusões terminaram como que por encanto. Como Teresa mesmo dissera logo depois que pais e alunos deixaram o auditório silenciosamente, eles estavam tratando com seres humanos, que são por natureza imprevisíveis. De qualquer forma, as brigas foram diminuindo até se transformarem em pequenas rusgas, olhares atravessados ou uma ou outra piadinha. A religião era assunto a ser tratado em casa, na igreja, no templo ou fosse lá qual fosse a designação que recebesse o espaço de manifestação religiosa de cada aluno.

Não, Betina não falava com as alunas evangélicas e Suzana e as amigas identificadas como espíritas ainda conservavam seus territórios tribais dentro da sala. Mas, volta e meia, uma ou outra se traía e apareciam insuspeitos monossílabos e uma ainda mais inesperada gentileza num "por favor", "dá licença". Até um "bom dia" apareceu inesperadamente nos lábios de Miriam ao passar por Betina na porta da sala.

Angélica notou que os "pais invisíveis", aqueles que só apareciam na escola no início do ano para renovar a matrícula e pagar a primeira mensalidade, apareciam mais na escola. A começar por Vanda, a mãe de Betina. Doutor Relógio era outro, e, para espanto de todos, depois da segunda reunião, não aparecia exibindo o relógio que lhe dera o apelido, que, claro, desconhecia. No entanto, velhos hábitos são difíceis de ser eliminados e, aqui e ali, ele mesmo se surpreendia, morto de vergonha, olhando para o pulso onde o imponente relógio deveria estar.

    Ninguém se iludia. O Giordano Bruno não se tornou o segundo lar de nenhuma daquelas pessoas nem a preocupação de muitos era tão genuína e totalmente destituída de algum interesse. De qualquer forma, algo estava mudando. Nos olhares. Nos sorrisos. No comportamento. Mesmo uma ou outra desavença já não motivava maiores crises e acabava sendo respondida com atenção e até com sorrisos, principalmente quando Mauro repetia:

– Calma, gente, não é o fim do mundo!...

QUEM É JÚLIO EMÍLIO BRAZ

Nasci em 1959 na pequena cidade mineira de Manhumirim, aos pés da Serra de Caparaó. Aos 5 anos, mudei-me para o Rio de Janeiro, cidade que adotei como lar. Sou considerado autodidata, aprendendo as coisas com extrema facilidade. Adquiri o hábito de leitura aos 6 anos. Iniciei minha carreira como escritor de roteiros para histórias em quadrinhos, publicadas no Brasil, Portugal, Bélgica, França, Cuba e EUA. Já publiquei mais de cem títulos. Em 1988, recebi o Prêmio Jabuti pelo meu primeiro livro infanto-juvenil, *Saguairu*. Em 1990, escrevi roteiros para o programa *Os Trapalhões*, da TV Globo, e algumas mininovelas para a televisão do Paraguai. Em 1997, recebi o Austrian Children Book Award, na Áustria, pela versão alemã do livro *Crianças na escuridão (Kinder im Dunkeln)* e o Blue Cobra Award, no Swiss Institute for Children's Book.

QUEM É JANAINA VIEIRA

Nasci no bairro de Botafogo, no Rio de Janeiro. Desde muito jovem, escrevo poesias, contos e crônicas. Mais tarde, decidi escrever para crianças e jovens e publiquei meu primeiro livro em parceria com o escritor e amigo Júlio Emílio Braz. Recebi prêmios da UBE por obras publicadas e também por originais inéditos. Vivi em São Paulo por dez anos e me apaixonei pela cidade a ponto de considerá-la tão importante quanto minha cidade natal. Em minha opinião, escrever é uma das maneiras de levar a sociedade a refletir sobre si mesma, sobre seus erros e acertos para, quem sabe, conseguir modificar muita coisa e tornar o mundo um lugar melhor onde todos possam viver em harmonia, uns com os outros e com o planeta onde vivem.

Não é o fim do mundo aborda uma das questões mais polêmicas da sociedade moderna: a intolerância religiosa. Seja pela ação assassina de homens-bomba, seja por desentendimentos entre colegas na escola, a intolerância religiosa é um dos piores males da atualidade. A fé em Deus, que deveria ser o porto seguro, pode tornar-se, pela má conduta do próprio ser humano, um estopim de guerras e desentendimentos. Entendemos que escrever sobre esse tema pode contribuir para que o problema seja encarado, desde suas manifestações mais sutis até as mais complexas.

QUEM É MARCOS GUILHERME

Nasci em São Paulo em janeiro de 1967. Comecei a trabalhar aos 18 anos, como caricaturista dos jornais *O Estado de S. Paulo* e *Jornal da Tarde*. Hoje, atuo como ilustrador para o mercado editorial e de embalagens.

Na verdade, desenho desde o momento em que minha memória alcança até hoje. Eu era aquele tipo de sujeito que não podia ver uma folha em branco. Para ser sincero, ainda não consigo ver uma folha branquinha e um lápis parado por perto que minha mão vai logo trabalhando.

Impressão e Acabamento
Oceano Indústria Gráfica e Editora Ltda
Rua Osasco, 644 - Rod. Anhanguera, Km 33
CEP 07753-040 - Cajamar - SP
CNPJ: 67.795.906/0001-10

b) Na sua opinião, a personagem-*bully* (agressora) tem algum motivo para agir assim? Justifique com fatos da narrativa.

_____
_____
_____
_____
_____

9. A palavra "preconceito" é formada pelo prefixo *pré* (antes) e pela palavra *conceito*. Assim, *preconceito* pode significar o conceito que é formado antes que alguém conheça determinado assunto.

O problema da turma 112 e de suas famílias era o **preconceito**. Escreva um pequeno texto que justifique essa afirmação com argumentos e exemplos do livro.

_____
_____
_____
_____
_____
_____
_____
_____
_____
_____

SUPLEMENTO DE LEITURA

NÃO É O FIM DO MUNDO

Júlio Emílio Braz

Janaina Vieira

Nome do aluno: _____
_____ Ano: _____
Nome da escola: _____

1. A história que você leu fala de *intolerância* e *animosidade*.

a) Que conflito desencadeia toda a narrativa?
_____
_____

b) De que forma os sentimentos de intolerância e animosidade aparecem na narrativa?
_____
_____
_____
_____

2. Por que a turma 112 ficou conhecida como "turma infernal"?
_____
_____
_____
_____

FTD

3. Relacione as personagens com a "tribo" a que pertencem.

- (a) Miriam, Clara e Ana Beatriz
- (b) Betina e amigas
- (c) Suzana e Cristina

- ( ) Tribo dos que contestavam as regras.
- ( ) Tribo dos "neutros", que buscavam conciliação.
- ( ) Tribo dos evangélicos.

4. "Vai ser uma forma de você ver as diferenças que existem no mundo, minha filha. Nem todos são como nós. Você vai ter que aprender a conviver com aqueles que pensam diferente de nós...", disse o pai de Miriam ao matriculá-la numa escola leiga. Que diferenças Miriam encontrou em sua nova escola?

_____
_____
_____
_____

5. Ao receber o apoio de Suzana na escola, Miriam diz: "'Olha, a gente não precisa da sua defesa, não, tá? Um cristão não se envolve com quem faz feitiçaria!'". Em que essa declaração faz Miriam se parecer com a personagem Betina? Justifique.

_____
_____
_____

6. Na primeira tentativa de levar a turma a refletir sobre intolerância e preconceito, a professora Teresa pediu a um dos alunos que lesse um texto para a classe.

a) Como os alunos reagiram?

_____
_____

b) O que fez a professora?

_____
_____
_____
_____
_____

7. "No entanto, estavam ali, tentando encontrar uma solução para um problema que aparentemente não oferecia nenhuma minimamente viável." De que modo os professores conseguiram trabalhar junto à turma as dificuldades de relacionamento entre eles?

_____
_____
_____
_____
_____

8. Um dos problemas vividos pela turma 112 era o *bullying*. Leia a definição desse termo.

"*Bullying* é um termo inglês utilizado para descrever atos de violência física ou psicológica, intencionais e repetidos, praticados por um indivíduo (*bully* ou "valentão") ou grupo de indivíduos com o objetivo de intimidar ou agredir outro indivíduo (ou grupo de indivíduos) incapaz de se defender. Também existem as vítimas/agressoras, ou autores/alvos, que em determinados momentos cometem agressões, porém também são vítimas de *bullying* pela turma."

(Extraído do *site*: <http://pt.wikipedia.org/wiki/Bullying>. Acesso em: 2 ago. 2009.)

a) De que modo e em que situações o *bullying* aparece na história que você leu?

_____
_____
_____